潮汐录

何波宏 著

项目策划：王 军 欧风偃 王 冰
责任编辑：王 冰
责任校对：张伊伊
封面设计：墨创文化
责任印制：王 炜

图书在版编目（CIP）数据

潮汐录 / 何波宏著. — 成都：四川大学出版社，2021.8

（明远星辰文库）

ISBN 978-7-5690-4978-7

Ⅰ. ①潮… Ⅱ. ①何… Ⅲ. ①散文集－中国－当代 Ⅳ. ① I267

中国版本图书馆CIP数据核字（2021）第176834号

书　名	潮汐录
	CHAOXI LU
著　者	何波宏
出　版	四川大学出版社
地　址	成都市一环路南一段24号（610065）
发　行	四川大学出版社
书　号	ISBN 978-7-5690-4978-7
印前制作	四川胜翔数码印务设计有限公司
印　刷	四川盛图彩色印刷有限公司
成品尺寸	145mm×210mm
插　页	1
印　张	7
字　数	163千字
版　次	2021年9月第1版
印　次	2021年9月第1次印刷
定　价	36.00元

版权所有 ◆ 侵权必究

◆ 读者邮购本书，请与本社发行科联系。
  电话：(028)85408408/(028)85401670/
  (028)86408023　邮政编码：610065
◆ 本社图书如有印装质量问题，请寄回出版社调换。
◆ 网址：http://press.scu.edu.cn

四川大学出版社
微信公众号

总序

  由四川大学文学与新闻学院、四川大学出版社、四川大学对外联络办公室共同发起、组织的"明远星辰文库"终于问世了，这是第一套正式出版的四川大学校园文丛，有着特别的历史意义。这套文库每年的新书发布会，将成为四川大学校庆期间的文化活动之一，发挥凝聚学生、联络校友的重要作用。作为活动的组织者之一，我有一种克制不住的由衷的喜悦。借此机会，也想来说一说我所见闻的校园文学往事。

  一百余年前，北京大学的老师安徽人胡适之、成都高等师范学校（四川大学前身）的老师成都人叶伯和先后开始了白话新诗写作，积少成多，风气渐开，中国新诗与中国新文学如星星之火一般，终于形成燎原之势。中国现代文学诞生在高等院校的校园里，来自校园里或许还相当稚嫩的文字，在这片土地上开掘出一条越来越宽广的大道,通向生机无限的未来。

近四十年前,我在大学与文学深情相遇。经历了20世纪70年代荒芜的中学生活之后,一个青年学生的艺术思维被真正激活,多少个诗歌与散文相伴的夜晚,抒情的、智慧的声音,优美的、忧郁的、激昂的文字撞开了想象的天窗,历史与现实的激情在这里重合、汇流。朦胧诗的论争,各种民间刊物的流传,谢冕教授出现在北京师范大学的阶梯教室,诗人的激动裹挟着论争的焦虑,后来我们有了文学活动频繁的五四文学社,有了以舒婷诗集命名的《双桅船》杂志,有了《五四文学报》。就是在那时,一位高原诗人率领"中国诗歌天体星团"扫荡北京各大高校,抵达北京师范大学,他的嗓子嘶哑到已经无法亲自朗诵诗作了,但显然又十分不满意他人的"代诵",待到情急之际,竟突然跳上三尺讲台,在半空中时而挥舞双臂,时而回头在黑板上奋力写下各种奇异的句子……也是那一年冬天,我带着《双桅船》和《五四文学报》回到家乡重庆,在重庆师范学院的学生宿舍里找到燕晓冬,希望与这位"大学生诗派"的主将交换刊物。踏进重师校门的时刻,身居北京所形成的那种"中心"意识曾经让我迸出一个念头:在这里,也敢公然代表"大学生诗派"——今天想来,这样的"中心"意识真是狭隘得可笑!

"大学生诗派"就是在远离中国教育与政治中心的地方矗立起来的,这样的命名不仅贴合山城重庆作为"诗歌之城"的现实,更是先锋性地道出了20世纪80年代中国新诗在校园蓬勃发展的未来,几年之后,才有评论家认真关注中国当代诗歌创作中的"校园诗歌"现象。

中国的学校教育，尤其是高等教育占据着文化金字塔的塔尖，因为受中国语言文化的熏染，这里的人们往往成为一系列重要社会现象的最积极思考者，并最终成为某种新的文化思潮的创立者、领导者。如果说文学发展的动力同时存在于"非精英"的凡俗人生与"精英"的文化空间，那么肯定是凡俗的人生给我们带来了种种真切的冲动，而来自文化空间的话语结构则促使我们将这些冲动编织成艺术的逻辑，或者完善为文学的新秩序。

一百年之前，是浸润过异域高等学堂教育的胡适之、叶伯和们为中国编织了艺术新逻辑，重建了文学的新秩序。

四十年前，中国校园文学的崛起推进了新时期诗歌艺术与文学艺术的发展，虽然此后文学的范围不断扩展，到20世纪90年代又有所谓"民间写作"与"知识分子写作"的论争，21世纪还出现了"打工诗歌""底层写作"，但有意思的是，自称"民间写作"的人大多还是来自"校园"，最"资格"的底层写作也不断将他们的出版物寄送至各大高校，包括收藏各种底层创作最丰富的四川大学刘福春文献馆，几乎所有的文学流派都希望能够在校园里找到热情的回应。

中国当代文学的前行当然离不开大学校园这一重镇，新的燎原之火依然期待我们的大学生继续点燃校园创作的星星火苗。这就是校园文学的使命。

作为西南地区历史底蕴深厚的高等学府，四川大学经历了一系列复杂的演化、聚合与重组过程，众多富有历史影响的知识分子在不同的时期与川大结缘，构成"川大文脉"的一部分。例如四川省城高等学校下属机构的分设中学堂时期的学生郭沫若与李劼人，公立外国语专门学校时期的学生巴金，成都高等师范学校时期的受聘教师叶伯和，国立成都大学时期的受聘教师李劼人、吴虞、吴芳吉，国立四川大学时期的陈衡哲、刘大杰、朱光潜、卞之琳、熊佛西、林如稷、刘盛亚、罗念生、饶孟侃、吴宓、孙伏园、陈炜谟，新中国成立以后的川大学生中则先后出现了流沙河、童恩正、杨应章、郁小萍、易丹、张放、周昌义、莫怀戚、何大草、徐慧、赵野、唐亚平、胡冬、颜歌等。值得注意的是，我在这里写下的名字是教授、学者、大学生、博士或硕士研究生，但他们同时也是一位又一位知名作家，四川大学已经用自己的历史向人们"证伪"了一个流传已久的经典判断：高等院校不能培养作家。高等教育究竟能不能培养作家，这可能首先并不是一个理论问题，而是一个需要在实践中认真观察、总结的现实问题。因为，从现存的各种文学理论框架中提炼不出作家养成的适用条款，让习惯于照本宣科的教师无从取法，但是，在我们不曾留意的校园某处，却总有一个又一个写作者在默默成长，有的早早就引人注目，却难以被纳入既有的教育逻辑，更多的则是另辟蹊径，自由发展，直到有一天赫然挺立，脱胎换骨，成了"母校的骄傲"。这个时候，其实轮到了我们的大学教育自我反省：是那些校园写作太过另类，超出了教育规则的约束，还是我们的教育本身就需要一次新的检讨？

当然，教育的反思和改革总是一个需要时间付出的过程，即便当今如火如荼的"创意写作"尝试也还有不少亟待解决的难题，但是在一切理论的"定稿"最终出台之前，对现有校园文学的鼓励、扶持、观察和总结则是我们应有的责任，尤其在四川大学这样一个创作传统绵延不绝的地方，我们没有理由不积极工作，至少能为这里本来就存在的文学火种添薪加柴，以我们有限的温暖呵护那些幼小的青苗，迎接他们即将到来的生机勃发的季节。

在这个意义上，"明远星辰文库"的设立是一次传递文学暖意的教育新尝试，在它刚刚搭起的阳光大棚里，希望有更多年轻的生命在新时代自由生长。

感谢四川大学出版社，感谢四川大学对外联络办公室，感谢四川大学文学与新闻学院，感谢所有策划、支持和参与这一"暖阳"活动的领导、老师和同学们！温暖人性的文学在我们大家心上。

2021 年 8 月于江安校园

序

出没于大学课堂的诗人,在我的记忆中当不在少数。他们大多才华横溢,技压群芳。说大学中文系不培养作家,我猜测,是大学中文系的好多青年才俊不屑于做作家。他们宁愿把写作当成终身爱好,当成灵魂小憩或诗意栖居的方式。当上作家,写作就成为职业,容易玩上火。

一年后的今天,当何波宏再次出现在我的课堂上,我才明白,他不仅是诗人,还是散文写作的高手。他对语言有天生的敏感,纤细的知觉,警惕地触碰和感受着每一粒文字,一落笔,便左右逢源,四处生花。这样的人是适合写散文的。他的想象很远,联想很宽,眼界很广,用情很深,却心思很密,下笔很细、很微,能捕捉到游丝后面的精魂。他铺陈细节,耐心抚摸事物上面的纹理,仔细打量历史罅隙间的隐秘,构筑意象,创造隐喻,让他的文本肌质密实，长满小伙子般的腱子肉。

何波宏最让我心悸的，是他不像是生活在这个时代的人。读他的文字就像一边听老唱片，一边与梁实秋、丰子恺们煮茶闲聊：操半文半白的话语，看十里洋场的夜色。何波宏的文字，是浸泡过诗经汉赋、唐诗宋词的；是沐浴过欧风美雨，又染上过世纪末的颜色的。是的，他在足够的人间烟火气里，保留了如今越来越稀少的文人雅趣、名士风流。何波宏的文字也是思考的，在天、地、人、神，儒、道、释、耶间漫步游走，挥洒思绪，虽然没有一沙一世界、一叶一菩提，却也不乏意趣禅机，撩人玄想，字里行间活泼泼一颗自由不羁的灵魂。

也许就这样写下去，最后不小心成为作家或者诗人。也许就这样写下去，成就毕生志趣。只要不是刻意与文字过不去，哪条路对于何波宏而言都是幸运的。那时再回首过往，他必定要会心一笑：果真，青春无悔。

唐小林

2020 年 12 月 8 日于蓉城之东

目 录

一、甘棠／ 2
  收衣记／ 2
  关于日语／ 11
  丹顶鹤／ 17
  故事与人／ 26
  归来／ 36
  桃子／ 42
  花园闻香／ 47
  老歌／ 51

二、式微／ 62
  古城记／ 62
  车邻／ 67
  游园惊梦／ 71

桂香孤寂/ 76
  一兜水果/ 80
三、寒山/ 86
  新年贺词/ 86
  成都的中午/ 90
  饿/ 94
  旅人/ 98
  2018 成都/ 105
  六月/ 110
  爱情/ 115
  不再熟悉的北京/ 124
四、如来/ 134
  文殊院/ 134
  诗心/ 140
  Flourishing and Disappearing/ 149
  庐山梦/ 156
  夏日/ 161
  庐山，白鹿洞与山人/ 169
  风思
   ——日记与闲谈/ 179
后　记/ 209

一、甘棠

蔽芾甘棠,勿翦勿伐。

收衣记

去大学前几天在家里收拾细软。远行前的准备从古至今都是不可少的事,总得在家中各式各样的衣衫器物中挑选搜寻良久,取舍一番。在商品经济不甚发达的古代,一个人要远行可是一件大事。就像《逍遥游》里说的"适百里者,宿舂粮;适千里者,三月聚粮"。其实要带的又何止是一路上的粮草,就连被褥,家具,自己心爱的古董摆件,乃至中意的仆人,都得一路带上才好。再由几匹高头大马拉的车载着,一路舟车劳顿,还得十天半个月才可能离目的地近一些——这还是富人。如若是穷人,那便锅碗瓢盆也得带齐的,拿发黄的白布或是小蓝花布包了,乘着个驴车或者牛车,在大路上风尘仆仆地,去看亲戚或者逃难。几天的工夫便是满头满脸的灰——然而也并不见得有谁在乎。

现在什么都可以买了,自己家的东西尚且是几年换掉一批的速度,恋旧之情倒被五光十色的购物网站与激情澎湃的大减价标语磨损不少。只是这衣服,到底不方便到了目的地再置办,浪费钱不说，也让时间精力花到了不值的地方，所以还是自己带衣服的好。若是个五六天的旅行倒又好些，带几件换洗衣裤，左不过等回了家一下洗了便是。但若是要长年累月地待在外面，这收拾衣服的差事就累上许多，无论男女都是如此。各式各样的衣服，春秋的风衣、衬衫、卫衣，夏天的T恤、短裤、纱裤，冬天的羽绒服、羊毛衫、皮夹袄，这些是西式服装。还有传统节日要穿的汉服、唐装，越发看得人眼花缭乱了。可是一切周全为上，我也不得不耐下性子从那一团乱麻似的衣柜里搜索一年四季的衣衫打扮。一件件不同面料的衣服划过我的指尖，褶皱被慢慢抚平，离开柜子，被放入大箱子里。这样埋在衣服堆里一下午，倒也颇有趣味。时间不知不觉也便打发过去了。

首先是一件淡灰色的羊毛长衣，刚买来的时候极为柔软妥帖，微微带有弹性，宽大的衣摆直垂到膝盖下去。轻轻盖在身上，修长清瘦的身材就被烘托得优雅而高贵。那面料倒也厚薄均匀，刚好适合入秋到初冬的一段时间穿。衬衫长裤皮鞋，加上一件宽大轻盈的羊毛外衣，修长有致的身体轮廓随着优美迅捷的脚步在衣摆的晃动间若隐若现，着实是漫不经心的性感。而那袍子般长而宽大的衣摆，似乎又有意让这本应原始的肉体之美多几分东方式的典雅与神秘，蕴含了一种超凡脱俗的气韵。而那亲切温暖的浅灰色，却又是属于人间的颜色，让人感到一日三餐的温馨和气。神性人性与兽性，竟可以由一件简单的羊毛大衣展现得淋漓尽致，实在令人叹服。

当时对它钟爱有加，经常穿着它在学校的青石板路间走来走去地忙碌，也算为繁忙的生活添点颜色。现在再一试穿，却发现面料有些硬了，褶皱波纹也没有当初那么柔顺，那些树脂仿制的牛角扣早已褪色，斑斑驳驳，仿佛一个旅人风尘仆仆的面容。对着镜子照照，肩膀感觉有点紧，多半是胸口和肩部的肌肉长开来的缘故，使得肩部胸前尤其撑开了一点，而仍旧比较纤细的手臂却撑不起两个长袖，衣料便从两侧塌下去，配上那硕大的头，整个人像是一块倒梯形的钢板，配上夏日旅游被晒黑的肌肤，越发显得不伦不类，赶紧一把剥了下来。肘间挎着大衣，却又想着秋冬季节云层一厚，脸会很快白回来，一层层的长衣服穿着，每个人的手臂倒都显得粗壮，往外套的长袖子里一伸，自然没什么关系了。想着，也便一并收了。

然后是两件西式短外套。一件深蓝色的，更加薄软轻盈些，后摆刚刚到臀部的位置，做工也算精细。典型的西式裁剪，两肩高高耸起，唯有手臂不够粗壮，仍旧是两边塌下去，看久了，倒也觉出一种异样的美来，还算和谐。不过倒是衬身材，加上一条长牛仔裤或是西裤，微微活动行走，宽肩细腰的希腊式身材倒是在衣料的烘云托月之下更加优美流利，又因为还是少年的身体，不像古希腊那些男体一般肌肉发达体魄雄阔，而是带着一股古中国的清秀修长，又添了一分青春之初的活力，被这半正式的西服一掩，又平添几分超出同龄人的清傲与贵气。另一件是灰色的，肩部与袖子用的是化纤棉的黑色网格式镶嵌，料子更厚，线条不免显得僵硬许多，原本穿上也别有一番感觉，可自从在街上看到臃软的中年男子穿了一件同款后，我便再也没穿过这衣服——衣衫与身体是有感应的，何人着何衣，身体面貌有他的尊严，衣服也有自己的贵气。

然后便清到了中式服装区。一件长到膝盖的深蓝棉袍，自大理古城购买。那衣服可两面穿，另一面依旧是深蓝的底子，上面满是金色的云南少数民族图腾。错综繁复，倒有种幽深而诡异的美感。袍子很长，并且宽松，寻常的土棉布料里纳着舒适的棉芯，披到肩头，前摆的两端各垂到左右两条腿上。尽管不纤薄，却美得疏松飘逸。深蓝那一面穿在外时，将长长的领子往外翻一圈，金色的纹样便沿着脖子蔓延到胸口。若将衣襟交叠一下，往右胸一抹，倒很像汉服上衣的衣襟镶边。若是翻一面，穿有花样的那面，脖子周围却又成了一片朴素的深蓝，颜色交织着，摇曳起来甚是好看。

　　此外还有两套以前购置的汉服。一套是最经典的直裾长袍，由麻布缝制，中衣是较粗的棉麻混织，呈现青黑的颜色——倒像黑色更多些。长长的袍服，从脖颈肩头一直垂到脚踝上，不扎腰带的时候，整个人便在那长筒似的黑袍中踱步摇曳，略显出高挑优美的身体轮廓来。右衽的银色纺花大衣襟左右盘旋在脖颈两侧，倒显得面部格外素净白皙一点，一双眼眸微微对着玻璃中的长影使一个眼神，似乎有悠扬的笙弦雅乐缓缓奏响。然后寻出腰带来扎上，上裳下摆便一下子分明了起来，腰部仍然紧致而纤细，胸口两道衣襟交汇，留下一条从左往右带着银色压边消失在有着同样花边的腰带中。腰带相当宽，把腰肢最结实细长的一段紧紧束了起来，上面是宽大优雅的青黑广袖，下面是长而宽松的袍裾，松紧有度地包裹着窄而结实的臀部和修长的双腿。微微走动，那下摆一阵阵前后晃动，因为料子的缘故，并不如丝绸那般轻盈柔软，但也别有一番端庄漂亮。摇曳之间，略微勾勒出下身纤长的曲线轮廓，却又显出遮掩之下的仪态与端庄，正色而行礼，只着一件中衣，倒越发显得文雅而带着一种精神上的挑逗了。

黑色中衣外面是一件细麻葛混纺的白色长披风，同样的飘逸广袖，只是更加柔和灵动。两道直衽长边亦是一色银白挑花，从脖后一直垂到脚面，将整个后背雪白飘逸地罩在飘飘拂拂的长衣中，胸腹中间仍露出黑色的中衣与交领右衽的漂亮花边，腰带那一抹宽大的银白恰成了黑与白之间的一抹亮色。只这样，这一身衣料却已是厚重了，十六岁那年的冬天在颐和园穿过它，都厚实得不觉得冷。当时园内树木凋零，昆明湖水结了冰，我与同伴一道从玉带桥走到知春亭，干燥清冷的北风将白色长袍的下摆刮得猎猎作响。我站在桥边凝望枯黄的草木与冰封的水面，同伴在此拍下了一张照片。那时自己还留着齐眉的细碎刘海，眼神散漫而无聊，像个不羁的江湖文士，立在玉白的桥畔，背后是冰封的水面和北方特有的枯黄树林。淡淡的金色阳光照在脸上，一点不觉得温暖晒人，是因为冬季那来自南半球的阳光到达时过于稀薄的缘故。

继续整理，翻出另一套春夏汉服。这套汉服是我当年为成人礼专门在网上定做的。最里层是丝绵的中衣中裤，白净而纤薄，然后上身一件长袖白色细棉麻短衣，交领右衽，压了窄窄浅蓝色的一道边，左右领子上都绣着精美的淡蓝云纹。下身系一条紫青色的纱质一片裙，水蓝的腰带细细地裹住腰肢。因为下裳是柔软的纱质，所以轻盈地贴合着下身的曲线轮廓。臀部上端带出一丝曲线，将裳上的纤细长褶略微撑开，踩上木屐款款行动，纱裙随风而摆，紧致纤长的双腿在飘舞的紫纱间是另一种温婉端凝，再披上紫色的广袖外套，整个人便淹没在一片飘飘悠悠的儒风道意里，行动谈笑间自有诗书礼乐阵阵飘来。那日十八岁，穿它时天正下着小雨，微微有些凉，尽管穿着高底木屐，裳裙的下摆还是被水沾湿些许，过马路时，木屐阵阵敲打着柏油马路，响声清脆。在高大的西式教学楼间，我倚在木门上看一本书，长长的紫色纱袖垂下，深蓝浅蓝的苏绣云纹若隐若现。中午放学的时候天已经放晴，气温高了起来。我把最外面的紫色外衣脱了下来，只穿上衣下裳走下教学楼楼梯，每下一阶下裳的褶都会荡漾起好看的幅度，阳光顺着玻璃照进来，我最终一步步走出校门，等在那里的家里人给我送了一束花。本不宜拍照的时候拍了张照，也便随他们去吧。

然后是一件仿绸的唐装和几件和式短外套。唐装轻便，适宜平时天气凉时穿一穿，身体的轮廓看似淹没其中，却最能显出上身丰实匀称的美感，又不像西方的裸体雕塑那般有着强烈的性感美，而是在文雅优美里透露出男性的大气与风度。这衣服设计得巧，像那件棉袍一样，正反两面可以换着穿。一面是银白，一面是深蓝，都绣有各式的吉祥纹样。银白的一面，显得气度尊贵，像贵气而风雅的王公贵族，深蓝的一面，更显得文静沉淀些，如同民国电视剧里年轻的私塾先生，戴着细细的圆框金边眼镜，儒雅俊逸，风流倜傥。

日式的几件外套，都是短装。袖子设计成和服样式，两道直领一溜而下，倒与汉服无异。一件深青，一件淡白。深青的一件上有一只只飞动的白鹤，带点橘黄的纹路，倒没有飞动的神韵，像被作为艺术品镶嵌在这无边的青黑的色泽里。穿上它，将领子一拢，打开一把蓝印花小扇掩住嘴唇，映在镜中便有一种日本特有的诡秘迷人之美。那件白色的，仍旧是一只只白鹤纹样，却显得活泼些，其间夹杂一道道青绿色海浪。穿着它去游庐山，里面一件白细麻的汉服短衫，也绣着一只仙鹤，不过是中国式的。站在山巅的忘归亭中，竟让我有一种东亚仙人的感受。

　　传统样式的一些衣服，向来是节日和重大日子穿的，平日里穿得不多，所以数量较少。虽长而宽大，到底一会儿就叠放完毕了。叠完以后，又开始在衣橱中摸索起来，找出两件去年秋天时很宝贝的长袖衬衫。我的衬衫不少，棉的纱的绸的都有，之所以这么喜欢这两件，是因为它们由好友特地从东欧寄来，便格外珍重些。一件蓝色，一件白色，料子相当舒服，是传统的欧式面料，袖口看得到极其精细的针脚，贴着皮肤感觉也很是舒服，穿一条深蓝牛仔长裤，将衬衫下摆扎进去，系上一条黑皮带，翘臀长腿一览无余，紧致腰身束在皮带间，上身的衬衣宽松适度，身材若隐若现，穿一双高帮皮靴，这身材在一明一暗之间，越发显得玉树临风，有一种性与修养混合的魅力。无论是利落英俊的寸头短发，还是不羁浪漫的长长碎发，都衬得起。

　　衣服越搜越多，还有两条长裤也是我钟爱的，一条深蓝的布裤子是李宁的休闲运动裤，布料相当薄，腰间有白色的裤带，沿着一圈是灰色的布，与下面的深蓝色分离开来，还有左大腿处的李宁商标也是一色灰，在密密层层的针线下将商标突起，摸起来便感到不平顺。这条裤子夏天穿尤为适宜，轻薄透气，又足够长，夏日的日晒无法入侵。款款走近落地镜时，那裤腿便微微晃动，交叠在一起，像穿着长衫或是旗袍似的。另一条是比较厚实的，冬天穿的灰色长棉裤,一色纯灰,裤腰带是圆形截面的粗粗棉绳,在腰间扎得紧紧的,两条腿甩动着前进,那两条长裤脚便也随之摇颤,厚薄适中的料子接触着腿上的肌肤,让人感觉分外温暖。偶尔在酒店或是医院的大玻璃门上看到自己穿着长裤的身影,总感觉这宽松修长的布裤子在淹没下半身轮廓的同时,也赋予了纤瘦的身体一种特殊的轻盈而优美的稳重姿态。人与衣料和谐共生,互相映衬欣赏,就是如此。

还搜出些东西。已经小得穿不下的化纤外套和衬衫,袖子短了的白色外套,羊毛披肩,羽绒服,纯棉打底衫,运动短裤,立领仿皮外衣,还有校服和当年去世界顶级大学参赛时得到的纪念卫衣和T恤,曾经自己最爱的纯白卫衣……衣服仿佛与文字有某种共通性,记录下了一个人曾经的喜怒哀乐与成长历程。那些自恋自满自怨自卑,那些无人欣赏,唯有临花照水顾影自怜的日子,一个青春的灵魂是怎样装扮自己的外表,让形形色色的衣料契合自己逐日发育成长的身体容颜的,都记载在了衣衫鞋袜的一针一线里。买的也好,做的也罢,都是时光拖过的长长的印迹。我们再来一件件捧于手心里回忆时,变短变小的岂止是袖口衣襟?

人与动物的区别之一便是是否穿着衣衫。人们骂人常说"衣冠禽兽",可这物种内心再如禽兽般野蛮,身体上也还穿着衣物。除非是洗沐或洞房花烛,衣物是绝不会随意脱下的。到了现在,一些受人类宠爱的动物也穿上了为它们定制的漂亮衣物。猫狗,再是仓鼠豚鼠,再是宠物蛇宠物蛙宠物龟等,几乎所有在人类看起来憨态可掬的动物都纷纷穿上了它们的主人为它们制作的衣物。然而一来这样的衣物对动物难免是个束缚,如鹦鹉画眉被硬生生套上华丽服饰，它们的翅膀却被束缚住难以拍动。二来动物也未必懂得衣物对于人的礼仪文明之义。衣物原可以蔽体御寒，遮羞保身；后来逐渐演变出各种材质、样式、装扮、配件，有了贫富贵贱的等级之分；再后来，成了人们享受生活，让自己在不同的年龄段变得更加丰盈美好的伙伴。所谓"兄弟如手足，女人如衣服"，原是居心不良想贬损女子的，可对于一个现代人，整齐漂亮，符合气质身材的服饰亦不见得比健美的手臂长腿来得次要。女人喜欢漂亮的衣物，因为女子爱装扮，爱美好，可爱美之心人皆有，焉知男子就不爱适度的修饰装扮？毕竟衣服对于一个人来说，已不仅仅是蔽体之物，更是其第二皮肤，是其生命韵律与状态的外化，是许多已说完的，和未说完的话。

　　收着衣服啊，倒莫名多出许多念想。一件件在身上试穿过，再脱下来叠好放进将要拖走的大旅行箱，原来自己在这衣服堆里泡着泡着，倒也泡了这么多个春秋。

一、甘棠

关于日语

大一下学期的时候,我现在的日语老师到学校招收希望学习日语的学生。我从高中时代就念叨着将来要学习英、日、法三种语言,于是便想着学学看。日语中汉字很多,可读音全不相同,往往记住了读法一看到汉字,就又被拉回汉文化的世界里。然而苦恼之余,看看日语中的汉字,也实在是有趣的事。

中国现在的普通话是受到北方少数民族影响之后产生的,元清两代少数民族入主中原之后尤其突出地改变了中古的语音。日语中有不少汉字单词,不仅意思和汉语相差无几,读音上也可以互通。只不过日语的读音带着一种短促的精致和俏皮,再正经地朗读也比不上中国《新闻联播》的庄重严肃(中文的可俗可雅,变化多端也实在是奇妙)。据说日语读音和江浙一带的吴语十分像,我不会说南方吴语,把日文的一到十读给我浙江的同学听,有些居然异常合拍,于是我们便都高兴起来。这些词不知是古代中国传过去的,还是近代日本造出来以后传进来的,如果认真考据想必能够知晓一二。但我缺乏这种细致琐碎的耐心,连去查一下资料的动力也没有,只好作罢。

日语比起现代汉语保留了很多古汉语的意思,已是公认的了。古代中文已经演变了意义,然而日本天寒地远消息不通,往往就把原义保留了下来。近代以来日本明治维新以后疯狂躁动过一阵子,之后对传统的坚持与呵护就变得慎重而小心翼翼。中国一度不分青红皂白拿传统文化撒气,甚至有人企图将汉字拉丁化。于是现代汉语变得太快,往往把古汉语修改得面目全非,这也就和日语汉字更隔一层距离了。

比如"走",在古汉语里是跑的意思,在日语中竟然也是跑。日语中的"脚",我第一次学到这是小腿的意思时感觉惊悚无比,然而一查古汉语,的确最开始是指小腿。日本也有很多记录着他们本地的古代社会生活源头的汉字名词,或许也是从古中国弄过去的。比如钱包叫"财布",想必古代大多数人包钱的就是一块四四方方的布,几下折叠起来,不过也不知道容不容易漏。蔬菜叫"野菜",这在中文里是不经人工培育的特殊生态蔬菜,想必也是源自早期日本社会中没有蔬菜栽培技术,只好上田野里采摘野菜。日语中的传统节日通常叫"祭",学校的文化节都要叫"学园祭",这可以看出日本本土神灵的乐观与人间主义精神。节日最开始在日本想必是从祭祀活动发展而来的,每年的祭祀就是人神同乐的狂欢时节,所以现在节日还叫"祭"。祭本是与死人相关的,生是节日,死是节日,对死表现得欢乐坦然,实在有庄子哲学"鼓盆而歌"的旷达妙处。也正是因为这种"昼短苦夜长,何不秉烛游"的精神贯穿这座长年多灾多难的岛国,日本人对什么事情都有一种平淡而肆意的享受过程,这也就是日本的性产业发达无比,然而他们生活工作依然有条不紊的原因。其实,越遮遮掩掩,人们越是好奇。自然的事情被人的刻意一加工,反而成了下流而反常的。而日本出了再多情色电影,也不影响他们端坐在剧场里欣赏全身裹得密不透风的歌舞伎一板一眼的表演。他们自然地看待饮食男女,尽情地享受,所以放得开收得住。

然而比起日文汉字,原装的中文到底有其优势。近代日本为赶上欧美的发达程度,大量引进外来词,用一长串复杂的片假名拼写出来,看得人头疼。这样的符号书写失去了原有的表意功能,只能够记录读音然后给人死记硬背,中国人西洋人看起来都奇怪。就是翻译外国人的名字,中文译名也往往更讨人喜欢,日本的一堆片假名,让人感觉自己成了一个陌生的被编号的生物品种(中文名要好些,因为可以写汉字,日本人能看懂)。中文的翻译追求信达雅,往往取得超出原名的美好效果。比如名噪一时的好莱坞女星奥黛丽的英文名"Audrey",英文中的意思是"高贵的力量",显然中文在音译的同时加入了新的意义,通过谐音汉字表现出西方女子的姣好美丽,比原名更有进阶。日语就只能稀里糊涂把读音用片假名拼出来,什么意思也没有,给人们留下印象:那一堆字母就是屏幕上那个眼睛大大的外国女人。而且日本人保守的时候保守,开放的时候又过于开放,什么英文单词都不分青红皂白往日语里面引入,往往搞得本地和外来的语言学习者都极其为难。

日语如果单纯以记音文字看,会失去很多乐趣。日语的乐趣多在于汉字的表意功能传达的微妙意思。日本人大概受古汉语影响,特别喜欢用"者"的后缀。中文的"者"现在大都带上了尊重或专业化的色彩，比如尊者、智者、行者、他者，等等。日语中却人人皆可用者，护士叫"看护者"，员工叫"雇用者"，经理是"经营者"，不一而足。语言中也埋藏了很多文化传统的小细节，日语的复习叫"稽古"，向古人稽首礼拜，学习过去的道理就是在复习知识，可以看出他们对于古圣先贤的重视。

从日语的有些词汇中，也可以看出他们对于事情的钻研与固执。这是一把双刃剑，用这种固执来享受生活的美好，便是对情感细节的无限挖掘寻找，对美的无限渴望与塑造。曾看过日本的歌舞伎训练，那阵仗真不像训练人，而像把人做成一个活生生的典雅艺术标本。不是人表演艺术，而是人本身要成为美与艺术。据说他们修复古庙的一根柱子，要在无数的木头里找到生长时间、年轮数量都与拆下来的木头一样的那一根才可以用，近乎吹毛求疵的精神可见一斑。日本的佛教徒在全世界的守礼精进也是出了名的。据说在佛陀降伏众魔的圣地菩提伽耶，全世界各个宗派的佛教徒都在此围绕大正觉塔修建了佛寺，其中唯有日本佛寺的和尚日用功读经礼佛插花敲钟，没有一刻放松。相比之下中国的佛寺显得悠闲许多，穿着僧袍的和尚往往在无人之时坦然地坐在庭院晒太阳。这或许是一种惰性，然而片面执着于认真勤奋，也未必能见得诸法实相。至于日本工业产品的精美与广受欢迎，也是可以想见的了。然而这种钻牛角尖如果用错了地方，最后往往只能崩溃。我总觉得切腹或者肥胖的男人相扑这种匪夷所思的活动，是对这种过分压抑的神经质的某些宣泄。然而再这样说下去要卷入文化传统的纷争中去了，还是尽快打住的好。

比如申请书的日语叫作"愿书"，心愿这个词比起申请来，少了上下级的等级色彩与人与人之间的不平等,多了一种人与人之间的心意相通。你有心愿,我也有心愿,我把心愿交给你,让人觉得有人情的真实质地。人与人本就应该是互相帮助的,而且心应是不带盛气凌人的等级的。日语表达不停努力的意思有个专用名词叫"一生悬命",想想都让人觉得惊悚。一生都要把命紧张兮兮地吊着,生怕做不好,心理迟早得出问题。看样子日本人能从中国的佛禅中学到"枯山水"的咫尺乾坤之妙,却学不到中国哲学自然生生万物,无为而无不为的精妙。与这个词异曲同工的还有"勉强"这个词,在日语中竟是学习的意思。也许是古汉语的"勉强"传入日本时意思不同,不然真是可怕。学习是勉强而为的话,哪里还有"学而时习之"的快乐悠然呢?这么做牛做马地压榨自己,只怕是不可取的。日本人称礼物为"土产",我们现在提到土产多半觉得土里土气,登不得台面,日本人却不觉得。欧洲世界的人因为大航海的一番抢劫更喜欢海,同样四面环海的日本却钟情于芬芳的泥土,所以提到"土产"反而有一种自豪感。自家土地上生长的东西,才是最适合赠予他人的。所谓的"洋货",反而未必好。有关于日本的新闻报道说日本人喜欢买自己国家的米,日本米往往比外国米卖得贵许多,想必也是和"土产"相似的道理。

日本话里身体状况可以叫作"调子",这又是一个极其形象的比喻。把人的身体比成一首乐曲,调子和谐就是身体好,不和谐就意味着出了乱子需要治疗,硬是把通感与比喻的手法融到了一起。不过我想造这个词的人未必学过修辞学。日本人把赏红叶叫作"红叶狩",把观赏风景说成去狩猎风景,这实在有些难以为中国人所接受了。鼓吹语言对人思维的决定性的一帮人又可以欲加之罪何患无辞,而少些牵强附会可以少打多少无谓的口水仗。

人往往最容易忽视他们母语中的美,要等到他者前来对照的时候才能在不断的追问中豁然开朗,见得明白。日本人日常说话,可能也早就忘了日语曾经的美好含义,就像很多中国人也未能体会中文的妙处。有一个法国美食家爱上了中餐从此留在中国成都,她说中文里看到喜欢的人和别人亲近时心里难过叫"吃醋",四川方言里说话忽悠人家叫作"麻人",老年人炫耀人生经验丰富叫作"我吃过的盐比你吃的饭还多",中国对味觉的体验是如此亲近人间,贴合情愫。想必我看日语,和这个法国姑娘看中文也差不多吧。

日语与中文的渊源也有两千多年了,就好像它们生长的国家一般纠缠不清。我始终相信,历史或许有恩怨,人或许有善恶,语言和生活的智慧却是一样美好的。

| 一、甘棠 |

丹顶鹤

第一次喜欢上东方的鸟儿，是因为舞蹈，因为孔雀。

在此之前，我觉得《天鹅湖》很美。那悠扬寂静的钢琴笙簧中，穿着雪白荷叶裙的女子肢体修长，光洁笔直的腿宛若天使的翅膀在月光的湖中优雅摇曳，稳重自如地旋转伸腿，修长的手臂指尖伸向前方。那蓬松的白裙，雪白的头巾，轻盈踮起的足尖舞步，无不抒写着对天鹅——这种西方人心中最美的鸟儿的动人歌颂。

天鹅确是极美。自西风东渐以来，中国各地的湖泊园林中纷纷养起了天鹅，从明清的王公贵族府邸到如今的知名风景区及有名的大学校园，无不以拥有几只美丽的天鹅为荣，其中尤以珍贵罕见的黑天鹅为最。在大学校园的长桥上漫步之时，时常能看到那几只优雅的黑天鹅在湖泽间梳洗羽毛，游弋相伴。天鹅是高贵的鸟儿，不会像情感黏稠的鸳鸯一般追逐打闹，扑翅戏水。它们的行动从容优美，弯曲的修长脖颈轻触水面，缓缓地向对方张开翅膀，然后从容不迫地回过头朝水泽深处静静游去。这样的气质宛若欧洲宫廷中那些穿着蓬松雪白的裙裾的、金发碧眼的高贵公主。典雅的修养由内而外缓缓散发，一步步轻盈盈摇曳而来。曾在颐和园的水池中见到过天鹅，同样是名贵的黑天鹅，却感觉有几分奇怪。四周的水轩楼阁、廊榭亭台之中，亭亭绽放的荷花下游动着天鹅高雅的身影，总感觉不如欧洲蓝水晶般的湖面上，雪山森林野花的环绕中游动的洁白鸟群来得从容自然。天鹅在自然的湖水山野中游荡着自是清丽，更是西方人心中独一无二的美之天使。天鹅临死之前姿态极美，叫声极为动人，那像一团雪般清洁美丽的鸟儿为西方人留下了"swan song"这个永恒的美学符号，用来象征浪漫多才的诗人绝笔。基督教信仰中成长起来的西欧又赋予了天鹅天使的形象，那来自光明天国的上帝使者，有着柔软洁白的翅膀与圣洁高贵的灵魂的形象，自然在天鹅身上得到了呈现。希腊文明中成长的柏拉图相信诗歌是不能用理性直接创作的，而是在迷狂中与神的对话。也正是这样，西方的诗歌感染着浪漫与神性的色彩，在英国只有最完美的诗人才能得到天鹅的称号。因此，就算西方科学家后来在全世界其他地方找到天鹅，就算西方强势扩张至各国贵族富人皆以豢养天鹅为荣，天鹅总在西欧清澈的蓝天下，在茵茵绿草与碧蓝湖水的城堡教堂倒影中才最是唯美动人。

在我童年的时候，钢琴与芭蕾舞是最时髦高雅的兴趣爱好。弹过几年钢琴，周围又环绕着模仿那白天鹅优美身姿的女孩的我对天鹅便有一种清澈高贵的美丽渴望。不知道从什么时候开始，我发现演出服装店中的舞裙多了一件洁白的纱衣长裙，上面缀满眼睛似的绿色孔雀羽毛。当时我不甚在意，也不知这做工粗糙的奇怪舞裙能跳出怎样的舞蹈。直到有一日偶然看到已然年老的杨丽萍的采访，便怀着一丝好奇第一次观看了她那中外闻名的杰作《雀之灵》。

之前总觉得孔雀艳丽得过了头，总觉得这样的鸟儿庸俗。但在西双版纳四季常青的雨林中走出的那个女子洁白寂静的身影中，我突然感觉自己对孔雀的理解是多么浅薄。孔雀的五彩，不过是它自身天然的美好颜色。若被人欲沾染，被人用炫耀与装点的凡心对待，那么自然所见便是庸俗驳杂。若在繁华的闹市依然有着葱茏的雨林中那份与天地万物自然共生的精神的话，那么这华美瑰丽的鸟儿，在清晨的云雾中踱步，在溪涧泉水边梳洗，在太阳与月亮初升的枝头鸣叫的那一刻，人心中感到的只会是无尽的吉祥喜悦与平和安宁，又怎会有贪婪、烦恼与忧伤。这样一来，顿时觉得孔雀的身上充斥着一种与天鹅完全不同的，自在安然，却又妩媚动人的情意。心如工画师，能画诸世间。五蕴悉丛生，无法而不造。难怪佛教常以孔雀明王之相示于众多经典中。孔雀的五彩美艳，自在从容，恰恰提醒着人们放下自私的执着观照着自然的美好，了知一切的华丽艳目最终源于与天地自然一体的心识。天鹅以黑为尊贵，孔雀却以白为珍品。然而这珍品不该摆在动物园高高的杆上供人们参观赏鉴，这精灵该自由地生活在西双版纳葱郁的雨林中，吸收着朝阳与月色，感受着云雾与露水，自如地踱步行于山谷林下，飞翔在树梢清泉之间。这样一只来源于自然的白孔雀，承载着祥和与灵性的神鸟，是《雀之灵》真正表达的孔雀之灵。洁白的纱裙飞扬间的从容清明，手指到肩头颤动的节拍，那孔雀轻巧的头啄食顾盼的神色，让人遗忘技巧与舞台，只看到葱郁花木流水中，一只洁净娉婷的灵雀俯仰生姿，款款而来。孔雀与天鹅不同，天鹅总让人觉得美得神圣，似乎向着超越人世的所在高高升起；而孔雀却美得生动自然，似乎就在这雨林环绕的山川日月中日出而作，日落而息，在生命的流转中找到了那一处自在从容的真谛。也只有当真正理解了孔雀的灵魂，我们才能不再用审视的眼光，而是直接用生命情感的质地触碰那些与孔雀生活在一起的人们内心的喜悦与充盈，他们热烈质朴的舞蹈歌唱中与天地自然的无二无别，他们天性中那份根植世间，却又从容自在的洒脱安定。

杨丽萍说东方女人像孔雀，确有道理。西方女人最美的时候穿婚纱，在高高的尖顶教堂里迎接着玫瑰花窗中洒落的阳光，披着一身圣洁的白纱，美得带着升空而去的神圣与高雅。东方女子一生中最美的日子则穿一袭红艳无匹的凤冠霞帔，带着象征吉祥富贵的金饰，化着艳美的华妆。大富大贵，大俗大雅，多么美好，又多么世俗，在充满人间烟火的敲锣打鼓声中为心上人挑起那嫣红的面纱。这样的美完全属于人世，又自然充满了洁净喜悦。天鹅的轮廓纤长高挑，浑身洁白，像是欧罗巴女子修长知性的身型。孔雀的体态曲折轻盈，柔和灵动，神似东方女性柔婉美丽、优雅灵巧的姿态。这样的美丽鸟儿，我想，理应作为中华女子的象征才是。这如月亮一般寂静柔美，如天地一般自然美好的鸟儿，是如此的令人着迷。

我上网观看这孔雀中最美的，最柔和从容的蓝孔雀，却发现它被中国的邻国印度抢先一步选作了国鸟，心中竟有些愤愤不平。仔细查看，倒也无可厚非。蓝孔雀原本产于印度与斯里兰卡一带的热带丛林中。印度可算宗教哲学的国度,产生于印度的佛教和耆那教又都以孔雀为尊。印度对宗教圣物的崇敬是出了名的,光从它对牛和大象的态度就可以想见。孔雀的待遇也相差无几,受到严格的保护与敬重,当真是作为神圣在被小心翼翼地对待。但我总觉得这样的做法有点过分,反而把孔雀的形象推向了另一个不属于它的极端,使其丧失了与人相亲相近,与大自然连为一体的从容不迫。可惜在中国,从古至今文人骚客也大多将孔雀作为具有异域风情的珍玩之物鉴赏,而不顾及其真性与精神。一想到这里,觉得如此能代表东方的鸟儿竟为他人捷足先登,心里总是遗憾。

有什么鸟能比孔雀更代表中国呢?鸳鸯只知柔情蜜意,全然没有高风亮节;燕子年年穿梭南北,却只能歌唱这个国度的春秋而不能为之代表。怀着试一试的心情搜索,一个名字突然击中了我的心房:丹顶鹤。

我心里有一瞬的惊诧,整个人陷入了沉思:为什么是鹤呢?为什么是丹顶鹤呢?就在下一个刹那,心中的那个声音几乎不由自主地响了起来:为什么不是它呢?除了这丹顶鹤,又有什么鸟更能代表哺育我的这片土地,滋养我的这个文明的性格呢?

数千年记忆的闸门仿佛瞬间被打开,蒹葭水泽间弥漫的春日清香翻山越水奔涌而来。那只在古诗中啼鸣三千年的白鹤站立在山头水岸,向天而歌,回声清越。在那草长莺飞的河岸,立着的落魄游子或年老思妇的面前,一只洁白的仙鹤张开翅膀,朝远处徐徐飞去,翅膀划出的弧线勾勒了中华大地五千年的天空轮廓。鹤为贤德之鸟,翩翩然有君子之风。而鹤中之仙,唯有这最高挑修长,风姿俊美的丹顶鹤方能承担。

中国的文化中，常用仙鹤形容风流俊逸的美男子。天鹅优雅高贵，但那蓬松柔软的翅膀羽毛却只在水面漂浮时才显得优美动人，一上了岸那一双短小的足便显出笨拙来。大抵过分追求崇高离世的美，也必然会在另一面留下避无可避的难堪乏力。孔雀滑翔飞舞姿态优美，却因为开屏的尽态极妍而生出长而密的尾羽，阻止了它用一种更加潇洒自如的态度飞向天空。而仙鹤却不同，它那修长的脖子纤直优美，腿足更是高挑细长，全然不像天鹅要弯着颈展示那份宁静的美。浑身雪白，翅膀边缘的两抹油光水滑的黑宛若白衣君子翩翩的黑色帽带，头上一点朱红更是显得其意态风流洒脱。仙鹤云游山水，飞翔的姿势高远优雅。道家文化常常将成仙得道比作驾鹤西去，羽化登仙。一个人顺应天地之道，无所待而游于天地之间的境界，只用人生出仙鹤的白羽黑翼，遨游八荒六合的境界便说得淋漓尽致。如果说天鹅要做天使，用它那无瑕的羽毛做神的使者，那么仙鹤却是自身得道，独与天地精神相往来。神与天使尚有主仆之分，尊卑之别，而鹤与天地日月却是共生同续，无谓贵贱，物我一体的至境。笃信道教的宋徽宗所画的《瑞鹤图》中，那些飘逸而祥瑞的仙鹤展翅在殿脊上空飞舞滑翔，俯仰生姿。大抵道教的真人之谓真人的原因，也恰恰在于了达大化流行，道德之变，所以才能如丹顶鹤般飘飘欲仙，升天羽化。那些传说中不食五谷，吸风饮露的神人，想必他们的魂便是这白鹤的一声长鸣吧。

鹤不仅是隐逸高人、出世神仙的象征，更是彬彬君子德行修为的自然界知己。天鹅的鸣声绝美，却只有在将死之时才显得最动人，更多的是凌迟一般的凄厉之美，美得缺乏人间色彩。所以西方人总喜欢向死而生,没有终点的绝美,就感觉"人间不值得"。中国的鹤可不同。它们在一生中总会在松林翠竹中、山川湖泊里对天长鸣,清亮悦耳,带给人们的是生机与喜悦。雄孔雀凭借自己的美貌,一夫多妻,而丹顶鹤却雌雄相随,情笃而不淫。它们姿态高雅,规行矩步,自然而然体现着生命的德性与礼节。大抵如孔夫子所言,"不仁者不可以久处约,不可以久处乐"。耽溺于自身欲望,不修德行之人,穷困之时不会有气节,富贵之时不会有教养。唯自心有仁爱之德,才会周应人情事物无所不当,乐而不淫哀而不伤。如此,现实的生命便是合于天地韵律的过程,也自然能够在生老病死的每一刻自信地高歌,让生的美满完整地盛开于此世。

曾经看过的舞蹈中,大抵是朝鲜舞最像丹顶鹤。人人道跳朝鲜舞的女孩子如柳条软款纤细,婀娜动人,我却觉得男子跳出的朝鲜舞最显神韵。东亚民族的舞蹈生来就似鹤舞——男子潇洒英俊的容颜与修长性感的身材像丹顶鹤纤长的脖颈身躯,交襟长袍与纱罗广袖垂下优美的线条,手臂的摇动舒展与神情的从容儒雅相得益彰。伽倻琴高古悠扬的乐声中,优美的男舞者跳出的是"风骨"——西洋有"舞姿"、印度有神性,风骨之美却是东亚独占——舞姿的和谐从容,恰似《中庸》所言"喜怒哀乐之未发谓之中,发而皆中节为之和"。不过分、不纵容,仁义礼乐中熏陶出的文明有着天生的文雅气性——恰如丹顶鹤闲逸从容,气节自显。大抵气节与仪礼乃人心的淡定从容所自发之物,因此东亚民族的一生总是那么安闲自得,从容不迫——那些隐世出尘的高人自是像仙鹤,林和靖更是梅妻鹤子,将清高与风流做到了极致;但这土地上的万千凡人同样有着丹顶鹤的魂,既能安然在这世间有礼有节地生存,又自有内心的归属与洒脱。中国男子穿上汉服所跳的汉族民间舞,同样有着鹤的气质——没有拉丁舞那样直接展现身体性感的热情挑逗,没有印度舞那百转千回、神秘繁复的宗教风情,它的舞姿清远优雅,遗世独立——仅仅一人便能化身整个世界,却又自如潇洒、风流倜傥。这种姿态,我相信是中国人从鹤身上习来的——不然我们的先民不会在那远古的歌唱中将有鹤的诗篇说为"大雅""小雅"。"雅"之一字,道尽了中国独特的美感风情与人格气质。"雅"是从骨子里发出的,对人情事物、衣食住行的从容理会。心存风流节美,自然所行无处不是文雅风度——喝茶时的细品慢嗅,行走时的步履从容,交往时的点到为止。难怪中国人那么喜爱这白羽红冠的丹顶鹤——它的优雅闲适,不正是中国人最本真的一言一行么?

鹤几千年来没有被中国人作为玩赏的对象,反倒成为无数中华文人的精神皈依。人顺应了鸟,而不是鸟顺应了人,这等天与人的相知相亲想必永远不会在西洋人的科学实验室和动物展览园中见到。宋朝那位著名的徽宗皇帝,尽管其政事颇受诟病,但他一定是个人品贵重、气韵高雅之人。言语能骗人,但在中国的艺术中,书与画的格调质地永远诚实地向人本真的修为节度敞开。只看他所绘《瑞鹤图》——那仙鹤的笔法如他的瘦金体一般,苍劲俊秀,优雅高贵,无数仙鹤在宋朝宫殿的屋顶盘旋,却丝毫不显累赘或俗气。大抵皇家的清贵亦不在金银珠宝,而在精神气度——单从这一点讲,宋徽宗这云间翱翔的鹤就比乾隆衣服上那些珠光宝气的龙凤高出无数档次。而在民间,鹤寿松龄的赞誉是老人晚年最乐意听闻的祝福，鹤在几千年里融入了中华民族的血脉——这优雅高贵又仁义有礼的鸟儿，又如君子，又似谪仙，它已然满足了中国人所有的精神渴望，也与中国人的心灵合二为一。那只飞翔的丹顶鹤，会随着母亲的乳汁和父亲的呼吸传入中国每个孩子的灵魂，永远盘旋在他精神的天空。

可是，当我查看中国的国鸟时，却是空缺。丹顶鹤没能成为国鸟的原因，居然是西洋人当年做所谓"生物统计"时先在日本看到过冬的丹顶鹤，于是便自作主张称之为"日本鹤"。高傲如中国人，怎能接受自家国鸟冠上东洋名号？尽管日本亦是对鹤情有独钟的民族——那浮世绘上的仙鹤翅膀，和服衣摆袖口间的鸟羽长喙，映衬在黑紫或淡青的典雅衣料间，优雅而充满寂静无常的美。可这种美是丹顶鹤之象，而非其神。得意而忘象，知形而传神——丹顶鹤那孤高脱俗的灵魂和亲近人间的品性，这成为中华大地生命基因的存在——怎能为日本的一鳞半爪所呈现？尽管这鸟儿在外文中被称为日本鹤，可是，身为中国人，难道就这样放弃了这从诗经与楚辞的湖泽间就开始向我们吟唱的鸟儿么？若丹顶鹤的魂与形已化作了我们的血肉，我们的神魂，那么又何必在意外界所冠之名？

丹顶鹤，如此之美，如此之亲。鹤鸣于九皋，声闻于天；仙鹤的鸣声下，多少义士仰天长叹，多少情人河梁携手，多少思妇倚门子立，多少隐士陶然坐忘？这鸟中的君子，尘世的天仙，不论是否被政府选为国鸟，都将永远与中华的血脉共生同在。丹顶鹤，黑脊红冠，通体雪白。不需增一分，不需减一度。只要它站立在此，就是中国的气派。

故事与人

好的故事必然有活生生的人的触动与纠结。曾经看过一个至今印象深刻的情色电影，叫《不忠》。电影的开头和结尾所用的场景布置的确很有意思，狂风中漫天飞舞的纸屑两次出现。电影的女主角在出轨酿成悲剧后回忆当时与年轻的英俊情人第一次认识的场景，她如果搭上了那辆开过来的的士而不随年轻的男孩上楼，一切就不会发生，自己的家庭也不会闹到无可收拾的地步。白色纸屑的飞舞，象征了女主角逐渐在刺激的婚外情与家庭的责任中摇摆不定最终无可收拾的心理过程。美国经典的情色电影精彩之处往往不在于直接的性爱镜头，而在于背后展现的人的复杂性。中国自二十世纪以来形成了一种清教徒式的幻想，个人性的追求往往首当其冲被"万恶淫为首"的观念打压（虽然在古代这句话未必是其现在含义），所以更加深了社会表面的保守。

人如果是由动物发展而来的，那么交配与性爱应该是生物共通的一种本能，并且是令他们感到快乐并为之忘我投入的东西。

人性虽然高贵，但绝不能脱离动物性而以神的姿态独存。在动物界公牛或者海狮会为了争夺异性交配权展开你死我活的斗争，而孔雀五彩的羽毛或天鹅高贵的纯白色羽毛似乎也是为求偶季节所准备的展示工具。有一部分弗洛伊德主义者试图把人的情感根源都解释为性的冲动与压抑，虽然未免有几分强词夺理，但不是完全没有道理。风韵犹存的中年女主角在遇到善于调情的年轻巴黎男子时内心涌起隐约的期待与蠢蠢欲动的情感。男子故意在送她的书里留下一张电话卡，她最终忍不住打给他。又去男子的公寓时，她最终没能抵挡住男子的抚摸挑逗与青春健壮的肉体性感的热量。在回家的列车上，她突然飞奔进洗手间脱下衣服，用蘸水的纸巾凌乱地擦拭自己的身体。回到家看到丈夫与孩子，内心的无措与对云雨之欢的欲望令她纠结痛苦，最后终于因为丈夫的发觉与过分伤心下的失智而酿成悲剧。这样看来，人从肉体之欢发育出的情感往往容易与既成的责任相冲突，然而对观众而言，更感兴趣的可能还是婚外情的香艳与最终属于旁观者的淡淡哀伤。这样的旁观者哀伤在《西西里的美丽传说》里也可以看到，这次换成了一个成熟的性感女人与刚刚处在青春期的男孩的故事。女人的丈夫参加战争长期不归，一个人一边过日子一边思念爱人，可自己的美貌与身材却招来了全镇女人的嫉妒。这个男孩不是观众，他只是这个女人的爱慕者之一，观众才是真正的二级观众，但又仿佛就是那个男孩。电影的残酷之处在于揭示了美丽在人性的自私下往往是不长久的。后期为生活所迫，连父亲都放弃了她，美丽的女子玛莲娜最终被迫走上了出卖身体的道路。在德军占领小镇时，她为了讨好德国人染了一头金发。后来战争胜利，女人们把她的衣服剥掉，用剪刀刺破她的脸和头皮，剪掉了她的头发践踏以泄愤。后来女人的军人丈夫归来找到她，两人重新出现在小镇上时，发现她已不如当年美丽的女人们又纷纷对她投以友善的笑容。而当一个当年带头侮辱她的女人在菜市场朝她打招呼的时候，她沉默了一会儿后最终还是说了"你好"。她未必学会了坚强，但一定知晓了很多无奈。而那个少年因为一路保持着对她的性幻想而观察着她的生活轨迹，最终也只是与她发生了一次捡东西的交汇而已。

诡异之处在于对人性的批判伴随着对年轻的男孩性的启蒙。男孩的父亲带他来到妓院，他选择了一个长相酷似他迷恋的女子玛莲娜的妓女。当妓女脱去他的衣服并让他躺在大红色的床上时，他眼看着发育成熟的女子面对着他脱去身上的衣服，外面便是敌军的轰炸，屋里的光线惨惨地闪烁着。整个过程充斥着一种末世般的冷森森与仪式感，仿佛少年未经启蒙的身体是混乱时代中的祭品一般与女子的性感纠结在一起。这样的情节布置多少有几分吊诡，然而毕竟展现了真实的人：性与爱的渴望、人性的恶与自知的羞耻、生活的无奈与不得已的宽恕。虽说是西方的表现形式，多多少少是可以令我们感同身受的。

东方对于性往往保持了一种自然却朦胧的适中态度，这倒没有特别具体的年龄限制。虽然有比较僵化的分析者认为过了某个时期人便不能再仅仅保有青梅竹马的心理爱慕而必然有性的冲动，但事实并非如此。美国哥伦比亚集团拍摄过一部日本题材的电影《艺伎回忆录》，动用了当时华人世界最有名的三个女演员出演日本歌舞伎。尽管后来遭受诸多非议，但它对东方人尤其是日本人的爱情观呈现多少是靠谱的。被卖到歌舞伎屋的女孩千代小时候失去了做歌舞伎的机会而只能做女仆，一次偶然的机会，她在桥上哭的时候遇到了一个英俊的男人。男子请她吃了一份甜刨冰，并告诉她以后跌倒的时候不能再哭。千代一直怀揣着那张手帕，后来男人暗暗帮助千代成了京都的名伎，她发展得顺风顺水时却不知道是男子一直在背后帮她。千代一直想要和当年帮助自己的男子在一起，男子却因为自己的好友看上了千代而装作不认识她。在战后招待美国军官时，陪坐的歌舞伎和军官们全都脱光了衣服泡在温泉里，而希望付钱让千代进行性服务的美国军官被严词拒绝。直到最后，历经沧桑的两人才走到一起，有了第一次接吻。这代表至少在东亚的范围内，性与爱未必具有那么紧密的联系。往往有所寄托的一份向往与珍重的心情，才能在最后促成感动的发生，这在中国、日本的古代小说话本里是司空见惯的。比如一个留情的手绢，一枚戒指或玉镯，或者女子的一缕青丝。纯粹无关性爱，展现真正东方人少年时节纯真感情的也有。《红楼梦》里林黛玉在床上午睡，宝玉怕她刚吃了饭不消化过来逗她玩。宝玉说"没有枕头，咱俩睡一个枕头上"，在中国古代传统里同床共枕就是结为夫妻，所以黛玉才叱道"放屁，外面的不是枕头"。中国古代确定人与人之间感情的往往不是两人之间的性行为，更多的是一种对契约一般的仪式的允许与否：有很多事情是要相爱联姻的两个人才能做的。一向好礼的民族对于爱情之礼的强调几乎到了一种柏拉图式的地步：女子一定要戴双玉环，两人的头发新婚之夜要缠在一起，是夫妻的男女才睡一个枕头，甚至在结婚之前男方连女方的名字都不能知道。这无数浪漫微妙的小细节，构成了中国人多情善感的爱情世界。因此站在西方性学角度的所谓文学家很难理解《红楼梦》的这一段。其实事情相当简单,宝玉挠黛玉痒痒,黛玉故意吃醋讽刺宝玉。宝玉编故事调侃黛玉,在床上发生也是自然而然的。心理的爱慕与彼此相悦并不妨碍孩童式的天真调笑,但时至今日也是一件难得的事。先放纵过了性欲,最后如何也找不到爱的感觉。大抵只有一步步水到渠成的爱恋,才能真正展现颠鸾倒凤的美妙,这亦是人区别于动物之所在。

然而中国的文学戏剧作品中也有对性尤其感兴趣的。《金瓶梅》可以说是登峰造极的一个典型,尽管它背后涉及封建家族的种种问题与时代的风气,然而人们更多关心的还是这种游离于中国主流爱情价值观之外的感情模式——一个英俊多金的壮年男子,满足了女性所有的性幻想,到处找各种情妇小妾在性爱中搞感情。最终的结局也多少平衡了男人们的嫉妒心理:性功能再强的男人乱性的结果都是精尽人亡。其他的作品多少也会涉及,如《牡丹亭》中杜丽娘在睡梦里第一次遇见柳梦梅,他刚打过招呼送了一支柳条就把她抱上牡丹亭温存一番。中国人虽曾有严格的性保守传统,然而真正直接起来又不逊色于世界上任何一个民族。性在中国古代并不是一种见不得人的东西,只是追求礼仪与仪式感的中国人喜欢给性行为赋予某种浪漫的崇高意味,一定要天时地利人和才允许其直截了当地发生。春光中的牡丹亭上落满花瓣,惯常印象中知书达理的书生抱起第一次见面的处女便行了云雨之欢,却有一种生物本能之上的风流态度。有人评价中国人自唐宋以来风骨的沦落,说到了明代,时代精神都堕落到裤裆里了,人们整天想的无非是男女床上那些事。这说法确有些道理,但中国人似乎也从未把床笫之爱当成一件羞愧得需要遮遮掩掩的事。"男女居室,人之大伦也",人生四大喜事之一是"洞房花烛夜",合情合理的性爱往往被看作一种缠绵婉转的人间至美。"洞房昨夜停红烛,待晓堂前拜舅姑。妆罢低声问夫婿,画眉深浅入时无。"这首诗用意在于求得考官的欣赏,然而用洞房花烛的私密来作为社会官场的试探,中国人并不觉得奇怪。越是看起来庄重的场合,人心的细腻纯真越来得感动。诗歌中初度春宵的美娇娘一句浅浅的羞涩言语,倒是替诗歌作者省去多少力气。

中国古代文人的理想异性往往是一个有情怀有德行的风尘女子。既然身在花月地,自然美貌性感。然而中国文人的趣味不仅仅停留在肉体上,作为风雅趣味的爱好者,若妓女的身上体现出忠贞仁义的品行或令人惊叹的艺术水准和文学造诣,他们往往身陷其中不能自拔。哪怕是芳魂已逝,也总要添油加醋编出故事来传唱。比如《桃花扇》里的秦淮头牌李香君,面对叛贼要求她改嫁的凶恶面目,她毅然头撞梁柱血溅定情诗扇。一个以身体为营生的女子表现出如此的大义凛然,不仅使得男人们的私人占有欲得到成全,更使得这种境界由一个女子贞节的操守上升到了整个国家民族宁为玉碎不为瓦全的高度。又如元朝关汉卿的相好朱帘秀,在田汉改编的剧作《关汉卿》中,因为同情和自己身世相仿、受人欺凌的朱小兰,展现出铁骨铮铮的正气,大力支持关汉卿写出《窦娥冤》针砭时弊弘扬正义。身为一个美貌动人的女子,不仅有一身才艺,更有比男人更坚定不移的良心,这样的女子往往美得让人带点敬畏。

中国人的爱往往是与对美的追求联系在一起的,伦理道德的教育在某种程度上成了教导人们如何追求合适的美的工具。在一个中国故事里，男子在追求到自己心仪的女子，即将同床交欢的前一刻，还跪在床前感激女子接受了他的爱。风流态度可见一斑。既然是美，那也无分男女。这在中国人的美学话语里很说得过去，美好的东西就应该被追求。魏晋时代玄学清谈之风大盛的情况下，男人们越发重视自己的仪态容颜，中国古代的美男子也在这一时期迅速爆发。想那美男子乘车走一趟大路，车厢竟然被追求者投掷的鲜花水果塞满，或者竟因为过于俊美被围堵得昏死在人群中，其容色气质可想而知，这样英俊潇洒的男人们互相发展出渴慕暧昧的感情也是自然而然的事。细细想想，这也是一种很美的感情，两个都有着情怀抱负，胸怀风花雪月的男子，互相不纠缠不矫情。当然也不能一概而论，男子与男子之间深厚的友情与知己之爱也不能与恋爱画等号。

爱是人美好而最能引发动容的要素。好的故事，一定要能够讲出好的人来，无论戏曲、歌剧还是电影都是如此。比较浅层次的是通过描写人世的酸辛来展现生命的无奈，在这种无奈里表现出人性隐藏起来的亮光与温暖，比如伊朗电影《小鞋子》。穷困的一家人互相扶持与体谅，哥哥弄丢了妹妹的鞋子，把自己的鞋子让给妹妹穿，自己却面临着迟到被开除的危险。妹妹虽然难堪，但没有将这件事告诉父母，忍受着不合脚的鞋上课。偶然的机会，哥哥发现马拉松的第三名奖品是一双鞋，于是一直保持在第三名的位置，最后却失误跑了第一，当场哭了。最后，一向严厉的父亲用新发的工资为兄妹两人都买了一双鞋。三毛写的剧本《滚滚红尘》也是同样的道理，男主角是个四处邀风弄月的浪荡公子，勾搭上了女主角后又很快找到新欢，背叛了感情。到最后上海富绅成群去往台湾的时候，女主角见到已经落魄不堪的负心汉，还是无法割舍对他的感情，最终把船票给了他。这种无力的感情看起来是悲哀的，对于平凡的人来说却是因为能感受到无奈所以心动疼痛的。但仅仅是展现，而没有人对自我的超越与重新挖掘的作品，到底缺少分量。人是一个个体，更是一幅群像。只强调群体而没有个体的作品固然会失真，片面强调人的单一性与神性的艺术更是没有价值可言，因为人是多样的，复杂的。但如果只把人作为个体来特写，艺术作品的境界便难以提升。只有在个人的遭际背后展现出时代社会和民族的群像，作品的深意才能够伸展。

美国前些年借用东方轮回观念设计的一部电影《云图》可以说是这种艺术风格的杰作之一。我并没有崇洋媚外的意思，事实上好莱坞生产的垃圾远远多于精华。前一阵子的英雄大片《海王》，看得我无趣而想吐，好莱坞百余年被用烂的套路保持着木乃伊的姿态一次次现身：人类危机，地球毁灭，满身肌肉宛如肉牛的男主角因为个人的感情问题燃烧起拯救全人类的信念。各种超能力，电脑合成打斗画面，光影无序交缠，最后真爱归来拯救世界。《云图》的成功之处并不在于它错综复杂的结构与环环相连的人物情感、时间线索，虽然这确实是电影的一个重要组成部分。关键在于其中对超越人的宗教信仰、社会偏见、现代化观念的一种泛爱的追问与探讨。美国大片很多确有宣传其价值理念洗脑全世界的企图，但明眼人是看得出真伪的。这部电影之所以成功，恰好在于它在人物故事背后对西方文明劣根性的痛定思痛。全篇六个故事，第一个故事中白人凭借着自以为是的"自然法则"与种族优越论虐待黑奴，最终一个有良知的白人律师救下了偷渡的黑奴，黑奴也拯救了差点被人毒死的律师。最后一个故事，白人退化成了原始部落，黑人成为掌握已灭绝的超级人类遗留科技的"先知人"，然而黑人却对他们施以同情与援助，并最终帮助他们走出困局。这是一种对建立在种族偏见之上的文明中心论的鲜明讽刺。而第五个故事中，被制造出来的克隆人中有两个萌发了自我意识，意识到一直以来教导他们的"时间一到便能够不再被奴役而进入'极乐园'"的教条不过是欺骗他们的假话。那个萌生自我意识逃出监牢的克隆人星美看着脚下无数披着白衣唱着圣歌以为将迎来光明的同类，知道迎接她们的不过是死亡。这是对基督教"天国永生"的深刻讽刺，而凭借对既成的牢笼的超越，人们获得了真实的爱。尽管这也未必正确，但这样的一场探讨却是相当有价值的。

要直接展现人类的精神领袖，我总觉得不仅创作者使不上力，作为观众也多少模糊了对圣人的本来想像。只有通过平常的人展现好的道理，才能够在某种意义上激发人性的形而上体悟。耶稣、佛陀和孔子都已经被搬上银幕，但最后效果平平，导演为了强调神圣最后往往搞成反人性，而真正的信仰一定是融化于人性的。日本电影《被嫌弃的松子的一生》中，女主人公松子从小没得到父亲的爱，她一直希望以毫无自私的爱去爱别人，却在这个世间处处碰壁，遍体鳞伤，最后在刚刚燃起希望的一刻被一群青年打死。这种受苦受难中展现的爱与基督教的"爱是恒久忍耐"有直接关系。但人做不成神，神死可以复生，人却不能。不学会爱自己，怎么爱他人呢？所以很多这类题材往往悲哀大于审美。而儒家文化的美,往往是在平凡的生活中积淀的人生智慧里展现的。因为孔子,中国人成为最看重此世与人间的人。汤显祖屡次不中第,家财耗尽,最后一次赶考时他的妻子说,今晚我为你洗一次脚吧,你可要轻松地上路赶考。贫贱夫妻不离不弃相互扶持的恩泽,才是夫妇之道的终极要义。可惜汤公中第,糟糠之妻却随后离去,人世间更多的总是无奈。至于佛教,内核更多的是一种面对成住坏空的过程自在而有皈依的宁静自如。包括《红楼梦》在内的作品往往只看到美好破灭的悲哀,却没有真正触及无常背后诸法实相的平静安乐,这样的作品或实例太难得,以后能否见到也未可知。但有一点,想要脱离人而做神的,大多没什么好下场。

人间是不完美,可是能在其中活出真性情的自我,从苦难中打磨出珍珠也就值得人们感动。或许这种精神在苏东坡身上体现得才最是明显,一生风波不平,可是一路有真性情的女子相随,他也尽到了忠心与真情。那首著名的《江城子》,想必只是他丰富感情的九牛一毛罢了。也只有这么安乐达观的人,才能够苦中作乐,各种食材都做出精致的美食来,吃喝玩乐一应不误。然而毕竟一路贬到海南岛,颠沛流离。但直到这时,他仍然在南方椰岛上修建学堂,开建农耕,自由自在。月下泛舟的时候,看着苍茫的海水竟能吟出"九死南荒吾不恨,兹游奇绝冠平生"的绝唱。人都是这样,有苦,有乐,有爱,有恨,有恩怨情仇,有感悟超脱。而真正描绘了这一切的,也就是人的故事。而反过来说,我们每个人也成了故事里的人。

归来

读到宋词中晏几道的"去年春恨却来时,落花人独立,微雨燕双飞",不禁又要感叹了。春天归去,春恨却又归来。明是自己失恋思春,却对双飞的梁间燕子耿耿于怀,这样敏感纤细的小心眼在其他文化中是罕见的——也正因为如此,中国人对于归来总有种特殊的迷恋。人的归来自不必多说,就是花鸟鱼虫,四季轮转,天地变换,也还有他们觉得可爱又可怜的离去与归来的时候。归来到底是要相对于"离去"说的,而要想离去,总归得有点心心念念盼着的东西才行。不拘是个什么,中意的器物也好,一幅书画,一位佳人,几个知己好友,或是花开花落,春去春又来,说不出的百千种花样,但有所寄托到底是幸福而令人羡慕的。中国人又最是多情善感的,往往离别时要想着何时再见,归来时却时时担心对方要再次上路,就是相隔两地的热恋男女偶尔鹊桥相会的几天,只怕内心也得不着平静安宁——那热烈而悲哀的情爱生命的疼痛,团圆的欢乐与分离的忧惧。然久而久之,庭院落红,飞絮黄昏惆怅到泛滥的地步，多少有几分慵弱无聊。

也因为这奇异的中庸与哀愁的文化风气，大约中国诗中最缠绵悱恻的归来反而是未归之时的盼归之情吧！这种诗歌，从诗三百到明清戏词，翻一翻，委实不能算少。其中最出名的又称作相思诗，不外乎男思女或女思男，但同性之间互相思念、渴望相聚的深厚友情抑或其他感情，或许也有。在外征战的将士与闺中思妇，好些的是"少妇城南欲断肠，征人蓟北空回首"，虽然揪心，到底从旁观者的角度讲，彼此真心实意依恋着，只要丈夫活着归来，不愁没有"春宵一刻值千金，花有清香月有阴"的一天；悲哀些的是"可怜无定河边骨，犹是春闺梦里人"，男子已经死了，那花容月貌的妙龄女子还在倚着窗户扳着指头算着他离家归来的日期。这样的第三者旁观，又真是令人叹惋。至于李太白的两首《长相思》中男子的"美人如花隔云端"，女子的"月明如素愁不眠"，想来真是美好幸福，带着淡淡酸楚的双相思，然而又似乎过分理想化了一点，在这个浮躁的现实社会，这样的爱情美梦似乎只能在成年人的幻梦里兜转一圈然后又回到安徒生童话里去。单相思倒也有，总是女子单相思的多，执笔的却大多是男子。如"九月寒砧催木叶，十年征戍忆辽阳""前年过代北，今岁往辽西"，一颗心随着夫君的南征北战牵挂个不住。然而这到底是男子的视角，女权主义者不免要鸣不平，事实上男子写思妇诗也的确有些问题，但单纯拒斥未免不够中肯。

然而女性是肯发声的，李易安就是一个。她何尝不是一辈子盼着归来，早年青春年少盼情人归来，老来盼着旧日欢乐，盼着故国家乡归来，或自己归去。当然不免等待得无聊。有的人尤其擅长在惆怅落寞中消磨无聊，李易安又是其中的出类拔萃者。于是一炉沉香燃上一两个时辰，梧桐雨从清晨滴滴答答下到黄昏没有停，晚上又是竹席发凉帘幕掀动，梅花开了下着雪，又勾起人无穷的故国之思……这悠长深远而凝重沉郁的惆怅，从千年前飘到现在，别说是小舟，航空母舰都未必载得动。然而这纤细悲哀似乎是过分了一点，以至于显得不健康，颇有点抑郁的味道。但艺术往往是伴随着牺牲的。

此外朱淑真等女性文人也是难得的风景，倒让人想起那位中华历史上空前绝后的女皇武则天迎接佛经真传归来时题写的诗"无上甚深微妙法，百千万劫难遭遇。我今见闻得受持，愿解如来真实义"，玄远的，喜悦的，宁静的，超脱的，据说后代不断有人想重写但最终都自愧不如，不是没有一番道理在里面。皇帝的视角，女子的眼光，世间的困苦与佛的超脱……在几千年历史上到底难得。

若说把归来的希望写得朦胧隐晦，大有深意的，则又是《春江花月夜》了。月亮升起，月亮西沉，海雾奔涌，物影朦胧，月光照在高楼的帘幕砧台上，像是恼人的愁绪赶不走抚不掉，传说中的鸿雁传书、鱼传尺素都是无用。对人生宇宙发起疑问："江畔何人初见月，江月何年初照人？"然而还是愁肠难解，夜里的露水间又有花香坠落，又是一年春天过去，那人还是没有回来——春天要走了，又想起当年离别的时候，何时才是归来的日期呢？眼看着熬夜熬到天明了，月亮在湿气间变得模糊了，树木与乱石虚实难辨——"不知乘月几人归，落月摇情满江树"。无边的寂静，广奥，深邃，惆怅，迷惘，都在这深深的一瞥中融为一体了。虽未免堆砌得有些文过其实,到底是难得的好文章。

　　古代的中国人总是喜欢封闭内在的,男子稍好一点,女子终身所居的一重重的深闺,一重重的帘幕,一道道的窗帷,更是显得那几尺宽的空间格外封锁幽暗。纵使要吃饭、散步、玩乐,一个房子踏出来,又是另一个房子踏进去,在一重重四四方方的空间里,尤其容易莫名其妙地想东想西。而那"庭院深深深几许"的神秘贞静,又使得男子对归来的最后几步走得格外小心欢喜,似乎比一路上"雨雪霏霏"的道路还要长些。这样的建筑结构里形成的文化结构,使得中国人对于归来的感情显得分外哀怨缠绵。不光是如此,"才始送春归,又送君归去",从自己这里离去,到别人那里归来,岂不又是更令人懊恼的事情!所以就算须眉男子,面对落红满地,也还是"泪眼问花花不语,乱红飞过秋千去",稚气而坦诚,别有一种异样的天真童趣。

　　自从西方人的大炮轮船撞进华夏大地的那一天起,两个文明便像两列打翻的调色盘,各种颜色相互交融,辨不分明你我。中外文化碰撞,不光中国人关注"归来",外国人也一样。二十世纪的美国电影《蝴蝶君》里,男扮女装做间谍的中国艺人宋丽伶勾引了法国外交官高仁尼,高回到巴黎后日夜思念宋,宋最终归来与之相见。高的震动与狂喜想必也是分外感人的,可是最终真相被揭穿,这真相的归来带来的却是爱情的破灭与高沉醉于蝴蝶夫人的幻想后选择的自尽。这带着对殖民主义与政治阴谋的讽刺的作品渗透的基调到底悲哀。久而久之,"归来"成了艺术表现手法中一种悲喜剧交织的致幻剂。美国英雄大片里,满身硕大肌肉的男主角总是先与真爱分离,然后拥有超能力,燃起对全人类的责任心，中途各种高科技大规模厮杀场面，最后和平与爱归来，英雄拯救世界，这样的桥段在变幻的情节人物中不断重复并乐此不疲。这种为所谓"普世价值"做宣传的手段也许只是无心，但终究令人觉得浅薄。但美国文化也不是全然如此，在李安的《断背山》里，两个男子一年一度的归来相聚，抒发彼此内心的真爱与面对现实的无奈，如同鹊桥相会般短暂。鹊桥相会，说到底，也算不上归来，只是见一面而已，连归的地方都没有，也更见得落魄苍凉了。

不过若归来的时机太具有戏剧性，情感交缠藕断丝连，便成了已经被用滥的韩剧套路——失忆，奇遇，情愫升起，记忆找回，在新欢旧爱之间无所适从，营造大量撕心裂肺令人哭笑不得的场面。作品前期总是不成熟，后期又常常用力过猛，丧失了难得的一点新意。要出一部好作品，不太容易。

也许是现实层面物质上的归来显得太过接地气而没有神秘感，喜爱想象的中国人炮制出一系列"人鬼情未了"的作品，其中以《聊斋志异》为集大成者，主角常常是负心的男子，那曾与之欢好的女子化作鬼魂前来讨债追魂索命。《牡丹亭》中在梦中的初见与现实层面"生者可以死，死者可以生"的感天动地式归来可算作中国难得的深刻感人的喜剧结局，那原本已死去的画像中的杜丽娘回到人间与柳梦梅永结同心，鼓舞了一代代为爱情献身的青年。然而并非所有梦境中的归来都这样可爱感人——那赶考的书生在枕头上做个梦，升官发财以后一觉醒来发现锅里煮的黄粱米还没熟。《南柯记》里那个书生做了蚂蚁国的王公贵族，最终也一梦惊醒。这到底是有意无意受了佛教"四大皆空"的哲学影响。受基督教影响的西欧就没有这种看破红尘的空性故事,灵魂归去了上帝怀抱的故事,往往是描写现实的苦难与天国的美好——无数洁白的天使扇着巨大的白色羽毛翅膀飞舞歌唱,没日没夜在橄榄树下弹唱着金色竖琴——可能对于西方人颇具吸引力,中国人确实觉得有几分奇怪的,但反过来或许也是一样。

　　至于现实中的归来,往往就更加没有浪漫色彩了。一年一度的春运,有点钱的还可以少在人堆里挤一会儿,坐上头等舱头等座,喝着咖啡回家看看,成批的工人、学生却在各大站台拎着大包小包,挤在车厢里,买站票的或许夜晚只能找个角落蹲一会儿——把行李藏在身后。一路颠簸,再顺着毛细血管似的乡村公路回到阔别已久的家。当然少不了一番欢笑寒暄,问寒问暖,喜气洋洋。多少天折腾下来,走亲访友,操办大小事务,忙着采购记账,早累得失去了当初归来的一点喜悦。久而久之,又想归去另一个地方了。于是便在某个晚上边嗑着瓜子,以不在意的口吻道:"我再过几天要走了!"然后便是另一个声音:"怎么就要走了呢,这才回来几天呀,这么急干吗!"你不耐烦地答复道:"哎呀,有事嘛,忙。"然后又是:"忙?也没见你们一天忙出些什么名堂!"几轮回合下来,最后只听得一句"行行行,什么时候走?"

　　于是离去的时候,又是大包小包,各种特产,要带走的衣服行李,鼓鼓囊囊一大包。重感情的免不了擦两把眼泪,能忍的或看得开的挥挥手,把头一扭,登上车走了。熟悉的景物逐渐变小,消失在视野里。你又要归去另一个熟悉的地方了。不过也应当在盘算着,下次归来该是什么时候。

桃子

小的时候总听到这样的问题：你最喜欢吃什么水果？似乎答案总是苹果或者香蕉，还有少部分是西瓜。大抵是因为这几样水果最为常见，价格低廉，在全国也种植得广泛，所以成了家家户户津津乐道的日常水果。我却偏爱桃子，大概生在南方没有吃过好的苹果，总觉得一个苹果吃到半个就生硬寡淡难以入口，香蕉梨子之类又多多少少欠缺滋味仅能搪塞而已。然而桃子不同，大小适中，果肉饱满富有弹性，带着淡淡的甜香味，无论是脆桃还是果肉肥厚的软桃都令人口齿生津。或许华北的大地宽广、干燥，生长出的苹果、大枣、西瓜总带着一股质朴浑厚的刚烈之气。南方的山川河流里，白雾缥缈，湖泽蜿蜒，只有荔枝、杨梅、龙眼、菠萝这些多汁、纤细、甘甜的水果才能配得上这里温暖潮湿、山明水秀的特质。当年岭南产鲜荔枝，远在长安的唐玄宗为了让杨贵妃吃上这鲜嫩珍贵的果品，专用快马一骑红尘将荔枝从两广运到长安，可见这些新鲜精致的南国鲜果对北方人是多大的诱惑。

专属于南方的水果像这里的美女，纤细柔婉，甜美可爱。杨梅长在江淮一带，没有表皮，果肉是一根根富有饱满果汁的纤细纤维，一口咬下，酸甜的汁液充溢整个口腔，正如江南敏感的女孩温柔甘甜，却又带着小小的醋意与酸楚的心地。菠萝与芒果生得更南，往往在云南的西双版纳和海南地区极为常见。这些水果的甜味是一种隔绝了酸涩的多汁香甜，带着热带阳光的清澈与原生态。这里的女孩们有着窈窕性感的身段，穿着花纹美丽的土布筒裙，手臂纤细灵巧，腰臀青春娇俏，在竹林间月光下扭动腰身，翩然起舞。她们洁净的心中有着孔雀的飞影，凤尾竹的芬芳，山岗的满月与竹楼的歌唱。这里的水果也像这里的美人，百香果、菠萝、芒果、椰子、甜美得自然纯粹，有阳光与泥土的气息，着实是撩人的美味。

然而我还是固执地坚持着对桃子的最爱。

桃子似乎不是北方色彩浓烈的水果，它的甜香多汁、细软、醇厚，颜色粉嫩。它也不像南国的传统水果那般娇弱，不像荔枝和杨梅，水润脆弱，只需要一点点寒风就会萎缩凋谢。上至北京与东北的平原，下到岭南的山丘与田地，都有桃树的身影。桃又是少有的同时具备美艳花朵与香甜果实的植株。春天的时候，桃花在最温暖柔美的时节绽放，无数有情众生在烂漫粉红的花雨间相恋相知。从古至今，桃花都是爱情与家族繁荣兴盛的象征。"桃之夭夭，灼灼其华。之子于归，宜其室家"，年轻的爱情就该像桃花那般兴兴轰轰地开一场，没有猜忌，没有怀疑，这一生纯粹地爱过一次便不算辜负。然而仅仅是艳美，结不出果实，便也只能做个镜花水月,比如奢华靡丽的牡丹,美则美矣,却"牡丹花好空入目,枣花虽小结实成"。但桃不仅花开动人,结出的果实同样甜美丰硕。"桃之夭夭,有蕡其实。之子于归,宜其家室。"桃由开花而结果,花美而果香,才能够象征爱情从你侬我侬到孕育子嗣的平和美妙。桃子是温性水果,这个"温"字令人喜欢。桃子的温和大概是最守中庸之道的果味,像是俊美而温和的男子,不急不躁,清淡却甘美的果汁慢慢充满口腔,果肉带着苹果柿子所缺乏的弹性与肉感,温软淡定,像一个温柔而漫长的深吻,缓缓攻入唇舌之中,朴素中有着深情,柔软中带着力量。桃子也是难得的可以多吃的水果,一连几个大桃子,越吃越觉得甘甜爽口,全然不像吃多就腻的热带水果,尝久了胃里直冒酸水的杨梅葡萄和凉人心肺的西瓜苹果。这种温和持久的韧性,使得桃子虽然不是诸果品中味道最出类拔萃者,确是最亲近自然、静水流深的好果子,南北之间都能存活生长,不似橘枳那般做作矫情,而是毫无保留地给不同地区的人以同样的美味与清香。不仅有美好的花朵,更具备香甜的果实。简直不可思议。当看到桃花时,这般粉红交错的艳丽,蜂飞蝶舞,使人只能相信这样的美丽开放一瞬便会零落。谁又知道,它还会长出这么丰美的果实?这样的果子长得不急不缓,水到渠成,所以性格也如一位健壮温和的男子,温厚甜美,给的温柔甜蜜恰到好处,并且能够延续许久。也许人年少之时,都会向往如胶似漆的激情与浪漫,然而在岁月生活中打磨许久,才会明白真正值得珍惜的感情往往温和淡定,不伤人,不激烈,却能够持久暖人身心,充实自我。桃子的温性,或许很多人要到很久以后才会发现其妙处。

一、甘棠

  中国人喜欢吃蜜饯果脯，我亦不例外。我不喜欢风靡京城的蜜枣和冰糖葫芦，一则过于甜腻软黏，一则酸甜过度，呛得人喉咙流酸水。稍稍腌制或风干撒糖霜的芒果干、猕猴桃、草莓和梅子，我都非常喜欢。盛夏的午后或者冬日初雪的清晨，洒扫庭院案几，沏上一壶茉莉香片或老红茶，摆上两碟蜜饯果干，是难得的惬意享受。但我偏偏不喜欢桃干，桃子的果肉风干以后，弹性与韧劲仍然爽口。但桃子的果肉一脱水，那份恰到好处的甜美就已经浓缩。这时再加上浓厚的糖霜蜂蜜腌制，适得其反，让桃子失去了那份温润自然的真味。在初夏的湿热空气里，切一瓣新鲜桃子，倒一杯绿茶或者红茶，就已经是最为醇香自然的享受。

  偶尔会去超市买东西。我一向不喝饮料，对可乐雪碧等高糖饮料更是深恶痛绝，却意外地喜欢上一款叫茶π的饮料。茶与果本就是绝配，茶来自天然植株，自有清香甘甜，与天然的鲜果配合，实在是难以拒绝的美味。有一款蜜桃乌龙茶，是我常买的。甜味恰到好处，不过分，淡淡地混合着乌龙茶的微苦与深香，竟是出乎意料的好喝。因为对茉莉香片的偏爱，我更喜欢的是一款西柚茉莉花茶，但我的确觉得这蜜桃乌龙茶抓住了桃子温润自然的神髓，甚是美味。

  小时候喜欢吃桃子，不过是朦胧地觉得这果子亲近而又水润温厚，每年夏天都会渴求家人在铺着新鲜绿叶的小摊前购买。那时的桃子还不具备反季节栽培的技术，往往一年之中上市的时间不超过两个月。于是这样的果味，也就成了童年盛夏的记忆中温暖甘甜的一笔。如今，我仍然爱吃桃子，喜欢它淳朴适当的甘美与饱满柔嫩的果肉，不需要水果捞中的酸奶与甜豆搭配，不需要糖霜和蜜酿的包裹。独自洗干净一只泛红的鲜桃,细细削去表皮,享受一只成熟果实的水分和甜蜜。偶尔也沏一盏清茶,相伴而饮,便觉得这样温婉宁静的味道已然令我满足了。

一、甘棠

花园闻香

从来不觉得人文素养与历史积淀可以随便加到自己头上,也不喜欢给自己加标签。但这个周末试香的时候,我却觉得不用这两个词不足以概括自己对香味之解读的来源。

爱马仕经典的花园系列香水,我买小样之前在网上看了诸多香评,无非是讲前调中调后调,留香时间长短,适合的人和气质,还有自己对香味的喜好程度。我在网上看到对尼罗河花园的评价,说这是一款有着柚子香气的小清新香水。我当时便疑惑,以埃及文明为背景的主题花园怎成了小清新与青年小生的代名词?还有以苏州园林为创作主题的李氏花园,我在网上看到的评价也是喜恶参半,最多说比较有禅意。

而当我拿到小样,用两天时间一一品过之后,我感受到了人文积淀拉开的距离,这距离的确远离了泛泛之谈而接近艺术家的本意。闻到尼罗河花园的一刻,我脑海里的绝不是青年男女夏天的清新香气,而是古埃及文明繁华而旖旎的芬芳。是的,我脑海中不由自主浮现出的就是遥远的古埃及法老王的气息。尽管与这香气是初相识，但仿佛是老朋友，只是这是属于异域而不属于我的气息。我这才意识到伟大艺术与人文学科的相通处，当我剥去历史沉重的外壳进入其中每个文明的思想意识形态、生活方式、文化性格的时候，有一种灵一般的理与气为它们做支撑。而在大师之作里，我嗅到了相同的对于文明气味的知觉，仿佛花园系列香水将我意识的文明之气化作了嗅觉。

的确如网上所言，尼罗河花园充斥着柚子、睡莲、草木的香气，然而仅仅搞成分分析是无用的。伟大的艺术与品格最终来自理性、美感、修为的外散。只有真正了解太阳神的国度古埃及，了解它蜿蜒的尼罗河，了解尼罗河上漂浮的睡莲，每年夏季涨水时节土地散发的古老与神秘气息，触及金字塔与祭祀仪式上那股永恒的光影，才能读懂一所古埃及花园如何被成就。而李氏花园虽然风评不如尼罗河，却让我在瞬间感受到故乡的气息。一位外国调香师能如此以香气还原中国文明，真是令我叹服。耳侧喷上香水枕在床上，隐约的水生调气息中夹杂着荷塘的清香，茉莉花、薄荷叶气味仿佛是小池庭院间的点缀。但这些都是后话，是经过理性分析解读的结果。而最初审美直观的第一感，便是故乡与童年的滋味，是贴近人间又圆融淳朴的古老中国。我认为一位调香师能把香水之味还原到文明的高度，已是动人；而自身要有足够的修为与沉淀，才能与之遥相呼应，在似懂非懂的人群中成为彼此的知音。在那一刻我也感受到，这种香与我的精神灵魂相契，它美而不妖，是中国人自己的生活。它是属于我的味道，其他香则不是。

| 一、甘棠 |

以印度文明为主题的雨后花园不是我喜欢的味道，但我尊重调香师对文明的呈现。雨后花园香水一如热带印度文明的热烈、芬芳、诱惑、湿润。也许我眼中的异域，是别人的故乡。印度香料繁杂的气息做得如此脱俗，仿佛从季风雨后的印度村落中吹来，那从红土地湿润的层次间缓缓飘出，和着宫苑池沼间繁复的香花药草。这种气息一经辨识，便只属于印度。而以巴黎爱马仕总部楼顶的小花园为主题创作的屋顶花园，母亲之前有过正装，我也曾闻过。当时仅仅觉得清爽甜美而不俗，却不知道不俗从何而来。如今看来，这顺序却是反了。我先得识破其清新不俗之处，然后方能真正理解其芳香之所指。回忆那气味，恍惚间感到了巴黎的色声香味。巴黎与上海都像是女人的城市，上海多几分浮华、绚烂，巴黎是一等一的精致、鲜艳，宛如少女般的春天气息。理解了巴黎的历史与文明，我才了解到它自己就是个不老的法国少女，金发白肤，穿着蕾丝内衣和吊带裙，笑在藤萝覆盖，月季蔷薇低垂的花架下散步——自然，是月光下。想到这里，那清新脱俗的花果香与隐约的繁华气才有了解释。巴黎是调香师的故园，这是他对自己家乡的描述，也是这样让我更亲切可感地认识了巴黎。

所以我觉得，香水固然是身份、品位的象征，可以做季节性、场合性、男女这般世俗的普遍解读，但真正的好香不止如此。它让我理解历史与人文的乐趣与鲜活，让我发现书页中逝去的古老文明是活的，是充满气味的。我们学习历史文化，恐怕不仅仅是学那僵硬的时间节点与大事，而是为了嗅那一丝深沉的气息。

而对于挑选适合自己的香水这件事，不是说不可以以男女香、商务香、沙龙香等概念挑选，而是这些概念是外显的器用，是一个人在不同场合的流露。但挑选一款适合自己的香,先要深入内在的道法与质地,发现与自己精神共鸣的气息,再考虑场合时令。我以为这样是较妥当的。朱子曾说,事事物物,皆有理在。当时不解,今日反观果真如此,如月映万川处处显明,只是我们平日无知无觉罢了。

| 一、甘棠 |

老歌

闲下来的时候,我喜欢听老歌。对日本昭和时代的演歌和七八十年代的港台乐坛来讲,二十世纪三四十年代的上海流行歌和欧美的抒情歌可算作是一个时代的老歌;而对于民国时代的上海香港、巴黎纽约来讲,那些散落民间的小曲民歌、古调乡音又是怀念的老歌和灵感来源。大抵每一个时代的人,都会有自己怀恋的声音。那声音里或许蕴含着曾经的好时光,连带着自己曾经闪亮的青春;或许沉淀着时代中流淌的人性与平静,爱情与仁心,伴随着唱片的纹路、口耳的传唱、发黄的乐谱一一留下。在歌声中,我们听见的不仅是一段过去的时间,更是人类在生命的探索中不断发现的美与爱的可能性。从某种角度来讲,老歌中记录的历史比那编年历史书上记录的更加生动真实。那时间的历史可能被篡改,可能会骗人,但歌声中那心灵的历史却异常的真实——唯因歌声是"情动于中而形于言,言之不足故咏歌之",因此人在歌唱的时候心灵是赤诚而纯真的。它或许不全面,但它比任何东西都来得更真实。那些唯美的唐诗宋词，当年不也是歌词的一部分么？诗与歌在中国的土地上原是一体不分的，在中国文化散发魅力、蓬勃成长的年代里想必更是如此。它们的相通不仅仅是表面的表现形式，更是背后那心心相印的真性情。

邓丽君说她喜欢听旧时代欧美的抒情歌。这的确符合她的个性与歌声的风格，尽管邓丽君的歌路极广，从欧美正盛的摇滚重金属到中国传统的高难度京剧、黄梅戏，她都驾轻就熟信手拈来，但她那柔中带刚，温婉有度的性情确实与欧美的老歌异常合拍。我亦觉得欧美的很多老歌十分动人，颇有孔子评价《诗经》的"乐而不淫，哀而不伤"之意味。有一首在中国传唱极广的英语老歌，名叫"Que Sera Sera"，大抵是"就让一切随缘吧"或"不管会发生什么"之意。标准的舞曲形式与重复的咏叹像极了诗经时代那些沾染着水草泥土清香的歌谣——大抵人心在最赤诚纯洁的时候呈现出的状态总是相似的。另有一首同样极为出名的"Long Long Ago"，大概是"很久很久以前"吧——唱着"告诉我那从前的传说，很久以前，很久以前"，西洋口笛的声音清越而缠绵，极为动人。很多人面对老歌要么就是瞧不起，要么就在自己还没听几耳朵之前就随从大众将它们推向神坛。其实何必。我们听的到最后只是歌声而已，歌声的动人与背后的生命是没有时代的，它们表达的是我们生命中形形色色的可能、各种各样的感受。另有一首英文歌"Yesterday Once More"，大概是我最早接触到的英文歌之一。我特别喜欢那个年代西洋歌那种年轮般一圈圈缠绵悠长的感觉，其中自蕴含着一种享受人生的安静从容。在西方喧嚣的大城市里，听一听这样的唱片想必能让心很快地静下来、美起来。

一、甘棠

"Long Long Ago"是在张爱玲的小说《金锁记》中看到的。被母亲剥夺了自由与幸福的悲惨女孩姜长安最后被迫从学堂退学,回忆起一生中难得的快乐时光,她用口琴吹起了"Long Long Ago"的曲调。同样从张爱玲小说中看到的英国老歌还有一首"The Last Rose of Summer",中文译为《夏天最后的玫瑰》——中国人再熟悉不过的题材,非常容易触动中国人在山水花鸟间浸泡了几千年的心灵。那咏叹的曲调悠长绵缓,女子借夏天的最后一朵玫瑰来哀叹自己青春不再,歌唱中是婉转而不过分的哀伤,刚好让人在疼痛哀愁中把握住那一分美。

这些曲调很多都发源于欧洲的民歌。民歌没有唱片公司专业歌曲的精细,却是歌声的源头——那从日常生活的柴米油盐、从平凡世界的日升月落中滋长出的真性情。欧美与东亚的歌谣在进入各自精益求精的美学时往往显出不同,比如歌剧与京剧在唱腔和旨趣上区别明显,但神奇的是当这种比较落到民歌上时,双方却仿佛一下取得共识,对彼此的歌声中传唱的情绪感想一拍即合。或许那些发展到极致的独特民族美学是一些颜色各异的花朵,而滋养它们的泥土却是一样,那就是人与人共通的真心实意,是最平凡也最真切的生活的大地。难怪杨丽萍尽管欣赏爵士舞、拉丁舞,但并不赞成我们把它们捧上神坛,只因为"这也是他们的民族民间舞"——是啊,各种不同的舞蹈模式,最终所源的也不过是彼此本真的生活而已。尽管表现形式各异,背后的那份情理却一般无二。歌声亦是如此。中国的民歌《茉莉花》与德国的民歌《野玫瑰》是一样的清香动人,上海卖汤圆的少女与奥地利送邮件的女孩唱出的歌声传递着同样的青春美丽。并且,不管在什么地方，民歌都是跨越时间的歌谣——既是最老的歌，又是最新的歌。并且，一个地方的民歌最能够反映其民风与性情，甚至能够从中嗅出不同地区各异的时节气候、秉性气质。拿欧洲来说，英国的歌谣"Green Sleeves"（《绿袖子》）那哀伤高贵的气质与十四行诗般缠绵的风格像极了英国那宽广的绿草原深处奔跑的恋人，像极了伦敦城那终年的雾气与断崖边呼啸的海风、浪花卷起的海雾，天然地流露出英国那忧郁而唯美的气质；而德国民歌《野玫瑰》则展现了德国人严谨背后理性而浪漫的一面——尽管音步与咏唱都是那般的中礼有节，却自有一番风趣的调侃与幽默的美。不骄不躁，娓娓道来，这是德国的气质。而从北往南，气候渐渐温暖明媚，人们的歌声也欢快明亮起来——意大利民歌《卡布里岛》的欢腾节奏中，似是露出西西里夏日黄昏的夜空，柔软的沙滩上温暖的海水拍打着，结束一天工作的人们在海滩上追逐嬉闹。这曲调像这里的人民一样多情浪漫，快乐明媚。

中国的民歌似有异曲同工之妙——这可以从民国沪港两地的流行乐中晓见，也能从尚未被搬上流行乐坛的民歌中觅得。以华南风光和东南亚风情为主题创作的歌曲如《采槟榔》《马来风光》便显得天真明快，像岭南之地穿着布衫筒裙，性感美丽的少女。歌声中的爱与情似乎都浸染着南国的椰林与海涛，热带的阳光照射在赤裸的手臂和脚掌间，呈现出这里开朗自然、未经雕琢的淳朴风情。往江南地带走，歌声的风格就变了——那细腻如丝、婉转缠绵的吴语唱腔，丝丝缕缕纠缠在空气中，与丝竹悠扬的旋律溶解在一起。道古论今，谈情说爱，全都在这一段段弹唱中娓娓道来。这风情万种的柔与雅，就是江南水乡那千万条细密河网中

一、甘棠

流淌的神与魂。江南的歌可以说是与中国的诗歌联系最紧密的,"菱歌一曲敌万金",光是看那歌名就能晓见一二:《无锡景》《西湖春》,只闻其名便有草长莺飞间的柳香桃色扑面而来。在江南的水土中发芽,在大世界的歌舞升平中诞生的上海流行乐是江南歌谣变身而成的光影声色。它吐纳乾坤,包罗万象,唱出的曲调却是颓靡缠绵,且度今宵。伴奏与曲风是西洋的皮,唱着的心魂却是中国的意。民国是中国歌曲第一个璀璨的黄金时代,上海七大歌姬中的每一个都演尽了中华女子的风情。高盘的油条头或发髻,入鬓长眉与吊梢杏眼中尽是妩媚。朱唇轻启,那一波三折的婉妙歌喉便随着柳腰的摆动冲出喉咙。一身长旗袍摇曳着中国女子的姿仪媚态,从头到脚流淌出华夏文明四五千年的气度。上海的街头,蔷薇花随着歌声四处开放,开在女子的帽檐间、鬓角里、裙摆上、帘帐中;白兰花攻陷了女学生的胸襟,女工人的发辫,不夜城的舞步;玫瑰花在吟唱中成了爱情的信物,一遍遍回响在黄浦江金碧辉煌的夜空。这就是当年的上海城,它的光彩穿越时空,伴随那已经上了年纪的唱片歌谣辐射而来,照耀一切。在它的光彩中,我们看见了人间世广大的众生相——纺织厂谈笑的女工,哄孩子睡觉的母亲,去电影院约会的女学生,趴在窗口相思的情人。人生的千姿百态:游戏人生的公子舞女,两情相悦的亲密爱人,伤春悲秋的敏感心灵,得过且过的玩笑生命……长袍马褂与洋装礼帽并行的街道间,黄包车与汽车挤作一圈的衢巷里,人的心灵最容易剥落面纱水落石出。那留声机与夜总会中日日夜夜歌唱着的总是情与爱,这情与爱却神通广大,作育万物——它是人心深处最根本的和谐,是生活最庸俗却最真实的底色。有了它,外滩与南京路的声色才日夜相继,衣装店与西餐厅的人流才相续不断,那无数条弄堂中涌动的日子才鲜活起来。这是中国人的世俗,中国人的乐观。当它们跨越时空而来,毫不费力便能唤醒心中那沉淀的基因、不老的火种。

西方的摇滚乐与现代乐的渊源大抵与上海的歌谣相近。摇滚乐鼻祖猫王的歌曲中,那充满节奏而不失舒缓幽默的曲调中歌唱的是那欢乐而多彩的生命情怀。这种情怀在东方大抵会变得更加亲切,更加缠绵,因为心灵的细腻产生更丰富的美的层次。西方人对性有着极为坦然的乐趣,往往在歌词中直陈调情之语,比如五十年代的美国流行歌"Kiss Me Honey Honey"。这无可非议,是西洋人利落而爽快的情感赤诚的表达方式。东方人情深义重,重点或不在肉体之欢,而是心心相印。这样的传统从"长相思,在长安,络纬秋啼金井阑"一直到周璇的《星心相映》,再到邓丽君的《月亮代表我的心》。有华人的地方就有邓丽君。她的声音极柔,极温,又极致的细密坚韧,举重若轻。缠绵婉转,<u>丝丝缕缕</u>,<u>似酒意花香融化在空气中纠缠弥漫</u>——她的声腔中有着京剧黄梅戏的悠长有力,有着上海洋场的旖旎色光,有着日本演歌一波三折的哀怨无常。八十年代邓丽君风靡全国,想必也是因为这甜美的歌声唤醒了人们心中最朴素的人性——电影《芳华》中几个军队青年悄悄在宿舍里拿红布罩着日光灯,围在一起听邓丽君的《侬情万缕》——人在青年的时候往往是心的质地最单纯的时候,犹如刚刚长成而开放的洁白花朵。那个时代的中国青年心灵是朴素单纯的,内心保留了最单纯的爱情。邓丽君的歌又恰好在中国文化的一轮周转后再度返璞归真——那种直达人心的真切是"求我庶士,殆其今兮"的热烈真诚。最真的歌谣遇到了最纯的心智,自然一呼百应,风靡全境。邓丽君歌曲当年的盛况如今仍能晓见——那上到八十岁老人,下到五岁小孩都能唱的《月亮代表我的心》,反复歌咏的还是千百年不变的初心——"海上生明月,天涯共此时",中国人看到了月亮,就想到了团聚。自己望月,就想到另一个人也在望月。怪道日本人不说我爱你,而说"今晚月色很美"。

曾去日本旅游。在一家装修朴素干净的小音像店中,我用尚不熟练的日语问邓丽君的唱片。我刚说出邓丽君的日文名,那个看起来不过三十出头的女店员便热情地拉我到一面占据不小空间的展区——放眼一看,全是各色包装精美的邓丽君日语专辑。那熟悉的微笑一如既往,店员很高兴地对我说:"我爱她,她是我的偶像。"邓丽君在日本最出名的"爱情四部曲",为她连续三年赢得日本最高歌手奖——有线大赏。在那个风流哀婉、众星云集的昭和时代,邓丽君凭着怎样的风采与气度打动了日本的万千观众呢?这个保守而骄矜的海上岛国,为何当年一票票让邓丽君脱颖而出,至今每年仍推出各种节目纪念邓丽君这位外国歌手呢?

日本又与中国不同。四面环绕的海洋中,这个民族对世事无常、成住坏空有着近乎痛楚的清醒认知——并且力图让自己保持清醒,从不沉沦。无常推动着人们去享乐,然而那生命的虚空与苍凉却像暮霭般笼罩在纵情的声色之上。于是,爱情对日本人不仅仅意味着美好甜蜜,它是人的生命在苦痛与哀愁中向茫茫宇宙发出的抗衡与质问。尽管这种跳跃终将迎来沉沦,但生命的意义在这一瞬就已达到。因此,邓丽君那些看似简单描写爱情伤痛与向往的歌曲背后，凝固的却是一代人温暖内心与疗愈创伤的方式。日本的演歌那悠长而暗含深邃劲道的长吟与歌咏，仿佛从千年前萧瑟的秋季翻山越水而来。美空云雀的《川流不息》可以说写尽日本风情，那份从生命进程的深处吟出的沧桑阅遍与悠然淡定，正在其最适合的年纪表达出来——西方女子希望保留自己的青春，日本女子却在老去的时候一层层增加着风情与意气，仿佛一盏在茶水天长日久的浸泡下渐渐光滑圆润的茶盏。这悠然从容是日本的一面，邓丽君歌声中那此生相爱却又不敌沧海桑田的哀伤无奈是日本的另一面。今天我们或许会不屑于这种看似简单的歌咏——但邓丽君用歌唱爱与创伤的方式，教会了当时的日本：尽管爱会损伤与沉落，它仍是唯一真实且值得我们信仰的存在。我常常在想，现代社会中作为一名歌手，一个人能带来的影响与观照究竟能够深刻与真实到何种程度。现在年年变换毫无营养的流行歌，一批批像工厂制造物般千篇一律的娱乐明星，歇斯底里与不知所以然的个性抒发，在聚集一批内心匮乏的人呼天抢地的同时，其实并没有带来任何实际的社会沉淀——更不用说对文化甚至文明的丰富。活跃于媒体中的面目更换速度越来越快，却无法为这个时代留下任何深刻的印痕。而邓丽君让我看到了歌曲能够到达人心的可能。

日本导演是枝裕和的电影《比海更深》——其片名截取自邓丽君"爱情四部曲"的最后一曲"梦幻情歌"《别离的预感》中的歌词。日本的导演善于在最平凡琐碎的生活故事中寻找这庸常无秩序的世界背后本真的感动与人心的触动——这也是那些东亚古籍中琐碎的笔记最动人之处。事业无成与妻子离婚的男子，历经世事独自生活的老母亲，性格强势的妻子和年少的儿子，台风夜聚在老旧的屋子里，所有场景平凡琐碎，没有美国电影中的激昂场面。母亲和儿子坐在深夜的桌前，听深夜广播的主持人放邓丽君的《别离的预感》——母亲听到高潮部分，说"我还从来没爱过一个人比海更深"。电影中的每个人都是不彻底的平凡人，然而最终在彼此的关照与理解中继续活了下去。尽管做不到像歌曲中那样去爱，但还是会怀念爱过的人。当一个歌手的歌曲能够帮助它最平凡的听众做到这一点时，其他的一切其实已经不重要。一直思考着日本昭和的演歌中反反复复传唱着的悲怆与哀怨是怎样在那个欧美现代流行已经五光十色的时代站稳脚跟，并仍旧赢得亿万掌声的。也许是因为这歌声不仅仅是《往江南》中的"过尽千帆皆不是，斜晖脉脉水悠悠"，而更有古老的佛经中吟诵的"未曾有一事，不被无常吞"。曾读过一句日本江户时代的诗，道是"浮生莫问明朝事，只管一路向前赶"。尽管生命镀上了一层悲哀的底色，但是在正视它并努力在其中发现光明的同时人的心就获得了温暖与抚慰。在成都下着冷雨的冬夜里，一次次听着邓丽君日文版的《我只在乎你》。也许那歌里唱着的那么一个人，那段爱情，永远不会到来。但心里只要一直存着那样一个期待，一直默默为那个不知何时到、会停留多久的人留出不变的温柔，那么这种生命的等待，就是爱本身。这或许也就是相隔数十年，当邓丽君《空港》中那个和情人分别的女子哀婉无奈的歌唱仍能一遍遍打动我们的原因所在吧。或许因为邓丽君的歌声已经伴随着这种深及灵魂的抚慰成为日本人心灵的一部分，他们才会每年如纪念自家女儿一样不辞辛苦一遍遍让她美丽的身影再次复活在舞台上。

其实歌是无谓新老的。只是根据它们的质地与气息，能感觉到唱歌的人、写歌的人和他们背后的时代处于怎样的状态，拥有怎样的精神与格调。这在让人沉醉的同时，也令人警醒。在什么时候我们肯诚恳地发出自己的声音、表达自我的生命，什么时候我们的觉知与感受被淹没，人开始变得浑浑噩噩不明所以。老歌的意义在于，它告诉了我人们曾经怎样歌唱、怎样体会自己的心灵，在我们作为同样的人面对同样的无助和绝望时，我们曾经有着怎样的心胸与襟怀。这样的声音，像徐小凤的《顺流逆流》，又像邓丽君的《漫步人生路》，像凤飞飞的《掌声响起来》。这些美丽的身影被人们记住、传唱，不仅仅是因为她们的美丽外表，更是因为她们的声音成为一代代人心灵的年轮。被时光一层层包裹的同时，也成了生命的核心，永不褪色。正因为如此，真正的好歌永远活在当下。我们要用很长时间才能逐渐了解：歌声，不是用来演的，用来卖的；它是用来活的，用来爱的。

二、式微

式微式微,胡不归

古城记

我在开封,窗外是北方明艳炫目的刺眼阳光,洒在这座北方城市灰蒙蒙的天空上,笼罩在一切建筑物的上空,宛若一层密不透风的云壳。出门吃饭,热浪滚滚。汴河河水蒸腾出炎热水汽,潮湿而剧烈,让人想起西部同样古老却日益蓬勃兴盛的城市重庆。走上老城区街道,窄小水泥路面上,锈迹斑斑的下水网沿街排开。污泥与尘土搅和在一起,路边是二十世纪建造起来的肮脏低矮的方块状水泥居民楼,当地人提着塑料袋穿梭而过,面色冷静而暗沉。路边开满狭小店铺,贩卖纸壳烟、色素饮料、干果,廉价小饭店里,店员在午后阳光中趴在桌上昏昏欲睡,破损彩电里播放着过时的电视剧和电影,传出的音乐让人有种时光倒退三十年的感受。此外还有服装店,陈列用本地布料缝制的旧款式服装。手机贴膜店。首饰店,陈列大批闪闪发光的塑胶首饰,有耳环、镯子、宝石粉戒指、树脂材质的珍珠项链,等等。情趣用品店门口用简易彩灯排出暧昧的色彩。偶有蓬头垢面的乞丐歪歪斜斜,睡

二、式微

在街角。这座城市给我的感受，一如一位我喜欢的作者说过的，充满诡异而迷人的美感。

这座城市，千年前是世界上最繁华隆重的巨型都市。沿着流淌的汴河河水，两旁华丽高耸的巨大楼阁拔地而起，飞檐高翘，挑入云天。顺着街道排列开多层的典雅中国式屋宇，繁忙的商业贸易，从深夜一直持续到黎明，一派繁荣景象。当时，汴京城的人口已超过百万，是西方最大城市威尼斯的十余倍。它在盛唐的顶峰坠落之后，逐渐铺陈出一派欣欣向荣的近代化景象：市民阶层的兴起，人民生活的富裕，商业与工业的巨大革命，皇帝的放权而治。御街中央栽种桃树、柳树、杏树、荷花、木樨，一年四季，芬芳袭人。完备的城市下水管道，让青石路面随时清洁宽敞。巨大的歌舞酒楼，雕梁画栋精美绝伦，用描画着山水花鸟的纱质灯笼高悬楼间。歌伎穿起艳丽华美的罗袖舞衣，丝竹悠扬间翩翩起舞。食器是做工精美的银制器皿和瓷器，瓜果菜蔬鲜美清洁，好酒陈酿芬芳扑鼻，各式山珍海味品种名目成百上千，制作工艺出神入化，令人神魂颠倒。人们衣着整洁讲究，彬彬有礼，每天不计其数的牛车、马车、驴车、骆驼在这座巨大的国际化都市里穿梭行进。这座典雅繁盛的东方城市，成为千年前世界上独一无二的华美梦境。各种宗教信仰、生活方式，不同人种的人们在其中安稳平静地生活着，和谐安定。巨大的船只，从江南运来稻米，鲜果，花卉，瓷器，太湖石。生活在这座城里的人们，生活精致高雅，品味尊贵脱俗。沏茶，水从百里外的深山绿泉中，由清瘦的僧人用檀木长勺轻柔平稳地舀起，从容稳重灌入古瓷罐中，一路背至京城。用没有烟气的上等银炭和铁壶烧水，沏入颜色质地清雅绝伦的茶盏之中，细细点茶，斗茶，品茶。花瓶烧制同样精美讲究，以古井水或山泉水养花。花朵种类几百种，插花时要择明窗净几，雪霁初晴，杏花微雨，配色，形态，疏密，都有讲究。以花品喻人品，观赏插花，领悟道理。焚香。挂画。书法。音乐。生活如此高雅从容，却并无半点傲气，只是心悦神和，静静接纳享受这一切。居住在这座城中的人，也因此显出大气端庄而平和淡然的性格。

它拥有的过去，宛若一场华美到不真实的繁梦。而后又经历战争、洪水、变迁、颠覆、摧毁和无数次的面目全非。

每个出门独行的夜晚，街道亮起色彩单一的艳俗彩灯，各色招牌在混沌的夜色之中闪闪烁烁，人流混杂，喧嚣而吵闹，一扫白天的死寂与静谧。夜市的小贩推着一个个推车，贩卖炸豆腐，烩面，烧烤，煎炸各式肉串，海鲜，酸奶，凉皮凉面，混杂着食物的面糊与膏冻。餐具简陋，当地人不以为意，坐在塑料小板凳上嚼得津津有味，油烟弥漫一条条亮光闪烁的小巷，人流熙攘，盛满空虚与破碎的美感。新建起的中国式三层鼓楼寂寞地闪烁光芒，一个名为"大宋戏楼"的楼阁，传出唱腔悠扬。我生起兴致进去一观，楼道狭小潮湿，到了上面，一个中年妇女为我打开玻璃门，简陋无比的小戏台上，几个穿着衬衫布裤的本地人拿着话筒在唱豫剧，话筒传出的唱腔震耳欲聋。下面有一张木桌子，几个人围着喝大玻璃杯里泡的简易绿茶，吃瓜子花生。我心生失望又觉得不过是意料之中，转身离开了狭小的房间。走上街头，热浪再度扑来，老旧楼房，白炽灯光，油烟气味，大声喧嚷。我自己像是一缕浮萍，被这俗世的喧哗的激流推动，左摇右摆，漂泊不定。走进更深的巷子，略显冷落，有烧烤摊在用木炭烧烤肉串，尘土飞扬，上面撑起一把蓝白塑料大遮阳伞。有醉酒的年轻男子三三两两，歪歪斜斜地走着。远处是闪着亮光的高耸电视塔，在昏黑的城市深处，无端显出寥落与苍凉。

昔日的汴京皇城，戏楼高耸，四五层的木建筑飞檐挑入云天，重叠的青瓦，雕梁画栋精美无比，设计精妙，看戏的台子四面分布，精美的雕花桌上摆好严格挑选的茶和酒。人们安静有礼，轻轻坐下，戏子唱腔宛转悠扬，丝丝缕缕，融化在空气里。丝竹，敲打，弹奏，一曲歌唱令人心醉神迷。歌舞伎都经过严格的训练，一颦一笑，曼妙舞姿与唱腔无不尽态极妍。就算皇宫中的妃子，听到民间街市的热闹繁华，也不由得心生钦慕与向往。一个个园林，亭台楼阁，小桥流水，奇花异草，点缀出不似人间的美景。西方的探险家历经重重险阻到达这座神秘高贵的东方城市，也为它的壮美与华丽而深深折服，不吝赞美之词，惊叹无比。科技文化也发达至极，天文，地理，医药，造船，制瓷，丝织，无不处于世界的顶峰。它山重水复的华美，当之无愧的世界中心，散发出熟透的桃子一般山穷水尽的芬芳。一切的华美与高贵，终究不敌命运的捉弄与世事的变迁，化为一片废墟。

金朝的摧毁，蒙古的入侵，黄河的泛滥，一切注定了这座绝世的东方城市的命运。最终面目完整，城市中轴线没有过丝毫的变动，却再不复当初的面容。如同一位绝世倾城的美丽女子，昔日华冠丽服，绝世倾城，死亡后被深埋地下，身上的锦缎绫罗寸寸断裂腐朽，花颜玉貌如花朵逐渐凋敝萎谢。然而多少年后，已然完全败落，一具古朽的骨骸却仍然位于原地，坚定不移。这是它的顽强与坚定,一如它的人民,在无数次的摧毁之后,又无数次重建。

我在其他古老城市,感受不到这般颓圮与狼狈的凄美。或是如伦敦、柏林、卢森堡,历经变迁,人群已逝,但建筑与轮廓依然完整壮丽,欣欣向荣。这是一种气定神闲的美,时间淘汰的是人,而他们留下的痕迹却代替他们一路活到如今。或是如北京、苏州、京都,小心翼翼,仔细呵护,尽量保留它们昔日繁华富丽时的遗迹,用玻璃与栏杆小心包围起来,供游人观赏,以此显示自己文明的伟大与迷人。而开封与它们完全不同,同样拥有锦绣繁华的过去,却从未被保护,从一开始便直面风刀霜剑,饱经摧残。这是一种被损伤的堕落之美。这才是开封。

拉开窗帘,看着太阳照着这座古都的轮廓,我感到无限的寥落与孤寂。

|二、式微|

车邻

有车邻邻，有马白颠。未见君子，寺人之令。

阪有漆，隰有栗。既见君子，并坐鼓瑟。今者不乐，逝者其耋。

阪有桑，隰有杨。既见君子，并坐鼓簧。今者不乐，逝者其亡。

人生多苦，无常变幻，似乎是中国诗歌永远绕不开的话题。各种愁情哀意，缠绵怨怼，也总是在生命的短暂与迁流中试图留下一些什么，记录一些什么。茫茫宇宙中，人的生命宛若沧海蜉蝣，弹指一瞬生生灭灭；在战火纷飞的年代，人们尤其能感受到生命的脆弱与无常的威能——昨日还是鲜活的生命，欢声笑语犹在耳畔，人与人的心中还充斥着真情与触动，只是一朝一夕的工夫，死亡与湮灭就会刮走一切生息。所以在汉乐府中，我们看到这样诚挚而哀伤的诗："薤上露，何易晞。露晞明朝更复落，人死一去何时归。"生命的鲜活与情意带给我们活下去的力量,而生灵本身却是那样脆弱易逝,如同清晨草叶上将消失的露水。中国诗歌亦喜欢将爱情比做"露水情缘",晶莹美好却转瞬即逝,用一瞬的芳香来换取永恒的忧愁与寂寞。我们看到立在望江楼上企盼夫君归来的女子,忧伤而寂寞的眼神阅遍河上千帆,抛弃自己的爱人却永远不再回来;我们看到独立在元宵奔流灯火中的寂寞身影,想起去年今日月下与爱人相约结伴,在如昼通明的灯夜里许下誓言,然而近一年光阴却物是人非。生命充斥着苦痛,使人们对幸福更加珍重;而无常驱动着人们去享乐,在这有限的一生里尽兴纵情地活一遭。方寸之间便是黑暗,浮世难测明天事,只管一路向前赶。世界的轮回变幻让人们学会及时行乐,收回对浮云般脆弱的未来的憧憬谋划。尽管一切恋爱都是无常、虚妄与悲哀的梦魇,但人仍要向它伸出手,观照其成形与破碎。这就是中国乃至东亚的诗歌中流传不止的人生苦短,及时行乐之旨。魏晋时代的诗歌说"生年不满百,常怀千岁忧。昼短苦夜长,何不秉烛游"。哪怕是临水照花,无人欣赏,也要衣锦夜行,且度今宵。而《诗经》中的《车邻》,可谓是比前一首更为纯朴、更为直接地抒发了人生短促,当及时尽欢,莫留遗憾之感叹。

这首诗讲述的是一个恋爱的故事,然而它的情怀远不是恋爱的纯美沉醉,而是在变幻人生、无常世事的悲哀如雾霭般笼罩在命运之上时,仍欢歌曼舞,寻欢作乐,珍惜眼下的风流美好——人生是那般短促,何必时刻令自己忧愁操心,以一己之力对抗无法把控的世界与时代呢?一对相逢相知的恋人,并肩倚偎,鼓瑟鼓簧——两人都处于人生美好的时节,一人有漂亮的白额马与精美的车驾，另一人深居宅邸，仆人侍奉于鞍前马后。两人在这样的美好时节，却清晰感受到了欢乐的短暂易逝——或许是自身聪颖早慧，或许是目睹了太多高楼起高楼塌的故事，但在知道真相后，仍旧没有丧失对眼前欢乐的期待，反而因此活得更加肆意尽兴：歌舞升平，沉醉其中。有些人认为《诗经》的起兴与主题关系不大，我却觉得或许不是如此：高低错落的山陂和水泽间，生长着郁郁的漆树桑树与杨柳枝条，如此生动的画面不仅构成人物活动的背景，更形成一种生机盎然、天生如此的宁静美好。然而花木的生长可以宁静而永恒，人的悲喜却只能趁青春年少。待到垂垂老矣，便只能叹息"树犹如此，人何以堪"。

我常常在想，当周国的王公贵族坐在庭前看着花木葱茏，歌舞升平的时候，听到这样的歌词，该是怎样的感觉。中国人的心灵真是奇怪，明明已经知道所有的前因后果，却还是能在每一个欢乐的时刻尽兴而为，哪怕听到这样的词曲也可能只是在琴音筝声中举起酒觞，一饮而尽。等到唐朝，人们已经做不来这么坦然的词句了。人们的心已经惧怕无常，痛惜改变了，我们看到了"年年岁岁花相似，岁岁年年人不同"，我们听到人们劝慰年轻美人的声音："寄言全盛红颜子，应怜半死白头翁。此翁白头真可怜，伊昔红颜美少年。"人们多了愁情，见到美景与青春便会想到将来的迟暮，感到恩爱与情缘便担忧将来的恩断义绝。或许是因为那个时代的人已经拥有很多东西。拥有的越多，便越不想失去，财产，情爱，美貌——与今天何其相似，人们总以为很多东西是可以永恒不变的，所以越是担忧失去。而在战火纷飞、朝不保夕的魏晋时代，人生的短暂和心灵的创伤是那么直白触目。认清生命的无常后，人们回复真实的性情在有限的时空里潇洒一遭，这就是魏晋风度。

而《诗经》时代，这《车邻》中的一对恋人却更是直接、纯朴，他们的身世背景不为我们所知，也没有嵇康那般传奇的《广陵散》流传，他们只是当年初生的农耕时代里两个平凡的灵魂。他们没有理念和主义信奉，没有那千回百转的盘算之心，有的只是最直白的感情与最透彻的领悟。这也就是短短数行诗如此动人的原因。后世染浊的心智说其腐朽也好，不良也罢，那一份诗心中的感慨与无奈，那爱情人生的欢乐与且度今宵的从容，总是会跨越时空，瞬间击中我们的心灵。它们以平凡的态度咏叹了不平凡的内容，因此总会在当下被我们想起。

| 二、式微 |

游园惊梦

  但是相思莫相负,牡丹亭上三生路。这来自《牡丹亭·标目》中的短短十四个字,似乎就足以将一个人一生奢侈而简单的期望道尽。人一生所求是什么呢,当一个人年轻时,总觉得世界充满变化多彩的可能性。随着时光的流逝,世事的变迁,年华老去,渐渐觉得这个世界上什么都不是真的。周围流转的人,权力与财富带来的快感与骄傲,一切仿佛摇摇欲坠的积木,只等着崩塌的一天。似乎只有我们的感情是真实的,也许只是彼此年少时的一次回眸,也许只是阳光明媚的春夏彼此手指的一次不经意的触碰,也许是第一次褪去衣衫赤裸相拥时的震颤与娇羞……我们的情爱随着时空的长河,伴随着对爱的人的执念,不生不灭,不增不减。也许这就是为何汤显祖一生所写,尽是情爱。他此生坎坷,在最后考中小小官职,能与多年糟糠之妻平静度日岁月静好之时,却痛失所爱。一辈子戏里写尽了情,戏外也受尽了情。戏里的生可以死,死亦可以生。唱腔婉转,华服翩跹中寄托了他,也寄托了天下人此生对那个可以白头偕老的良人的祝愿与期待，对那段一生只能一次的爱恋的期许与悼念。三尺戏台上，演尽了现实生活中人们在迷茫而混沌的现实中不得不隐忍、藏匿、压抑的大喜大悲，道尽了人作为渺小的宇宙尘埃，从灵魂相思相守的浪花里高高跃起的一刻生命的光辉。

这部电影的导演是杨凡，我在看他的《游园惊梦》之前，看过他的另一部电影《美少年之恋》。两部电影中以重头戏方式出现的同性与异性情爱的交杂，显示出制片人宽广的目光与打破性别隔阂，描绘解剖人间一切打动人心之爱的良苦用心。《游园惊梦》以昆曲《牡丹亭》为线索，在古旧的荣府与新式的女校，沉郁谨严的生活与活色生香的爱恋之间，谱写出一个戏里戏外、亦假亦真的感人故事，引发观众对于情爱、欲望、道德等话题的深刻思考。在我看来，编剧之所以用《牡丹亭》作为贯穿全片的主线，很大一部分原因在于《牡丹亭》在中国文化中的特殊意义。在明清时期的中国，个性解放的呼声与对天性爱情的向往逐渐在小说戏文中萌发，与教导"存天理，灭人欲"的宋明理学展开激烈抗衡。在读经格物的儒家生活中，人的天性被逼到反面，以汤显祖为代表的文学家用爱情与人性来对抗礼教等级对人激情欲望的扼杀。在这样的文化价值下，在电影所设置的民国时期女校，恰恰也是这么一所园子，也是这么清淡无味的，与《论语》、数学与英语课程相伴的生活，与一重重的院子与门帘相对的日子。这样的环境下，生活在其中的人如何能熄灭内心那攒动的火焰，如何能让自己空荡荡、悬吊吊的心灵有所寄托，有所归属？另外，荣兰与石翠花之间萌发的金兰之爱突破了牡丹亭中男女之爱的局限性，

二、式微

从更广阔的层面证明了心灵相通、言行相契的爱情,无论两人同性异性。

年少时便在风流花月之地成长的石翠花,即是唱昆曲出身,一朝进入即将破落的大家族荣府。荣府老爷整日吸食鸦片,不理家务,青春美貌的翠花从此一个人面对庭院深深,岂不是与《牡丹亭》中的杜丽娘一般无二?不同的是,杜丽娘尚是未出阁的小姐,未来可能嫁入一富贵人家,虽是从一个家门走入另一个家门,但毕竟还有这能够幻想的未来,可能触及的初恋。而翠花不同,歌女的出身让她在大家族中受到白眼,嫁给了年老的荣老爷,青春终将消散在草木深深,亭台楼榭纵横的园林之中。尽管这园子风光撩人,可对于传统大家庭的女子来说,这便是她们要过一辈子的地方。我们如今走入苏州园林,只会觉得工艺设计精巧,处处赏心悦目。殊不知,这是那些古代的青春女子从过门的一刻起,就要待上一辈子的地方。就算春色如许,芳菲明媚,也会因日日夜夜的面对起坐而变为自怨自怜的寂寞孤单。也是因为如此,杜丽娘才会在思春时节于梦中遇上柳梦梅,与之共享折柳之情,云雨之欢,并最终思念成疾。在今日这个人人四散奔波,无法找到归宿的时代,我们很难体会古代女性一辈子独守空闺,坐愁红颜老的孤独悲凉。一段真挚的情感,一个含情的眼波,可能就是她们一辈子能够辗转咀嚼的,仅存的一点点温暖。好在荣兰爱上了美艳而缺乏安全感的石翠花。从此以后,翠花有了依靠与温情。不仅是荣兰的感情,她与园中的二管家,同样发生了默默的情愫。尽管最后这段暗恋伴随着二管家在军队中的死讯无疾而终,但令翠花感到欢喜的是,有人爱过她,有人曾经在乎过她。这样,她觉得自己至少曾经得到过，曾有过不仅仅想占有她，而是想真诚待她、疼她的人。但更多的，翠花是真心爱着一心一意待她的荣兰的。两人都精通昆曲唱腔，都是女子，都面临同样寂寞无味的生活。当翠花独自抚养女儿，深居荣府，远离昔日繁华之时，是荣兰每天与她相伴；当她无法继续在日渐破落的荣府中生活时，是荣兰收留了她，并通过变卖字画换取钱财为她提供好的生活。这两个女人，同处青春年华，一个是从小接受西式教育，走出深宅大院的女校老师，一个是从小出入花柳繁华地，富贵温柔乡的大族少妇，互为知音，互相守护。荣兰做柳梦梅来寻她，她便做杜丽娘来应她。戏中戏外，无论男女，两人的真情确是相守如一地存在着。

值得一提的还有两人所体会到的另一种情感，一种在对自己女性特质的压抑（荣兰）或习惯（翠花）之下，原本以为自己的心已经寂寞消沉，却在遇到男性的美时骤然复活的情欲与热望。翠花在看到门外搬运工人健硕青春的身体时，忍不住透过窗户暗中观望。在看到表演戏曲杂耍的英俊小生之后，将其邀入闺中，戏谑调笑，想要一窥其松软衣衫之下青春性感的裸露身躯。而一直排斥自己以女性的柔媚服从取悦男性，并早早走出家门的荣兰，却在看到男教师邢志刚俊美健硕的裸体之后心神摇曳，在干柴烈火之下抚摸着这个男人俊美的脸庞与性感的身躯，感受到自己体内原始纯粹的女性欲望的复活燃烧。她才体会到一个女子如果没有感情与激情为支撑，不过是一具默默存活的骨肉。只有男性灌注的那种野性与温柔的能量，才能让她体会到自己湿润朦胧的美好存在。在《论语》的诵读声中，吴彦祖健美的裸体与王祖贤旗

二、式微

袍中的窈窕身材在床上辗转交缠，恰好构成了一种有意的对照与反差。这样蓬勃的激情，云雨的欢好，是爱吗？也是的。只不过这样的爱，像是太阳未出之前花朵上的露水，美则美矣，却短暂易逝。在激情之后，对彼此的回忆才是最美的收藏。就像邢志刚与荣兰曾经恋爱，也最终分别。翠花虽然为自己的爱人移情别恋而伤心过，但最终两人仍然陪伴彼此走到了最后。男男女女，在荣府的院子里、院子外，在传统与现代的冲突中走走停停。

"游园惊梦"这名字也起得妙。在与牡丹亭相似的那座亭子下，在相似的春色如许的园林里，情与爱的故事换了主人。可随着《牡丹亭》的戏文代代传唱，总会有些不变的东西慢慢凝固在时间里，等待着有心之人前来发现。对于最终剩下的两个靠在炉火边，翻看着旧日相片的女人来说，她们所理解的情与爱又是什么呢？是戏里戏外如柳梦梅杜丽娘一般跨越性别的相守相伴，养育孩子吗？是年少青春时的心动，是那蓬勃的男性荷尔蒙蒸腾在指尖发际的性感与香气吗？我们不知道。但我们能够知道的是，她们曾经爱过恨过，戏中是最终喜结良缘的夫妇，戏外仍然保持着这份纯朴与初心生活下去。她们的感情正如戏文里写的，不知所起，不知所终。但知道想要依靠，想要寻找，想要绽放。回忆曾有过的幸福，珍惜当下的陪伴。这对电影内外的人，或许也足够了吧。

桂香孤寂

这是一年前秋天的事了。

那是高考前的几个月,整个人的生活三点一线,繁忙凌乱到令人窒息。过分地沉迷于自身的忙碌,以至于对美与爱的感知都发生了退化。原本喜爱聆听世间男女老少亲切寻常的交谈,可在学习的专注下一切聊天都变为令我烦躁的杂音;原本对自然感知敏锐,可在行色匆匆里,雨后的彩虹与清晨的白雾都被我尽数忽略。在狭小逼仄的方寸天地之间,时令变化、天地运行似乎与我失去了联系。人来到这世间原本是为感受造物主的伟大与爱恋,寻找自身的幸福。可为什么一直在做这件事的我,在生活的重压下会让甜美温暖的能力褪色。

我自己也糊涂了。

直到喉咙口传来隐隐的酸痛感,我才意识到气温下降。原来盛夏的流光早随季节的步伐远去,已然是萧爽的秋天。周末的清晨,在大操场上一圈圈奔跑时,冰凉的空气触碰着肌肤,有三三两两的黄叶带着残存的绿意离开梢头,飘落我的脚边。是一个清朗舒适的季节。这样想着,我深深呼吸了一口凉爽清新的空气,抬手擦去额上的汗。

浴室中冲完冷水浴,换上干燥清洁的衣服鞋袜,我出校门闲逛。抬头挺胸快步走过街道时,却突然感到知觉上的一种细微的触动。我顿住步伐,细细一嗅,一股清淡纤薄,但又澄明敦厚的清香涌入鼻腔。精神一振,我四处看看,原来是路旁的桂花树。这真是一个令人难以相信的生之奇迹:那样平凡的棕褐色树干,低矮细小,不像白杨桉树,几个年头的生长便能让枝干高大伟壮,直冲云霄。它的叶片也不引人注目,油亮亮的一片片深绿,生在路旁便被扬尘笼上了一层暗淡的灰。就是这样一棵树,你如何能相信秋风一起,它便含苞吐艳,让一簇簇圆润灿烂的金银挂满它的每一个枝头!每一颗小小的桂花,都带着肉质的绵软,小小的五六瓣,表面如丝绒般光滑清幽。将它凑近鼻尖,便有深浓而醇厚的清芬流遍脑海。无数个这样的一朵,连成一片片,抱作一团团,秋天吐出一口仙气,便能吹开千万树金黄的耳语,连成满城芬芳的云,教那掩映黄花白花的绿叶,也显得别有清趣。那曲折纤细的枝干,也被赋予了高雅优美的内涵。我被这突如其来的美迎头一击,疼痛得伫立许久。

清晨前往学校的途中,又能看到满街怒放的桂花。我贪婪地呼吸着那珍贵的淡金色香气,神清气爽,本以为人们会对她无私的奉献心存感激,可事实并非如此。一连几个清晨,有穿着花衫子和拷绸裤的中老年妇女,带着几个顽童,一人手持一个塑料袋,大力摇晃一树树开满桂花的枝丫。桂花树的枝叶发出痛苦的呻吟,大簇的花朵纷纷掉落，砸在肮脏的泥地里四散开来，然后被过路的冷漠行人踩入泥中。有极少的花朵落入他们的袋子，但我想也不过是供顽童戏耍一番便被丢弃。这些乳臭未干的顽童对这种残害生灵与美丽的行径乐此不疲，一街桂树半数以上难逃厄运。大多数的人冷淡穿行而过，似乎根本未曾在意这惊人的色泽与芳香，要他们体会桂花那清雅而贵重的灵魂自然是痴人说梦。

桂花花期不长，不过一周工夫，整街桂花纷纷凋落，余香尚未散去。清洁工在扫走那满地金银时，会像黛玉那般哀悼这精灵般的美好吗？想必不会。他们唯一的想法，或许是抱怨这带着香气的玩意儿增加了他们的工作负担。住在北方的朋友亦曾告诉我，"满眼游丝兼落絮"的季节里，面对春日飞雪般的惊人美景，却有众多行人对其恶语谩骂。我叹了口气。人人厌恶焚琴煮鹤之行，可这不是我们能改变的。

一日我回家，白石大道上，骤然看见最后一株剩了些许颜色的桂树，树下，一地的金黄。仅此一株，孤独地立在渐寒的秋风里，撒落一地芳华。我两三步跑到树下，面对这一地芬芳的惨烈，默默站立着垂下头去，哀悼这美艳的消逝，感激这轮回的有序。抬头看看剩余的三两花朵，我忍不住将一枝花朵送到鼻尖，小心呼吸着这将逝的淡香。我此刻与这株树默然而对，彼此心里明镜般地自知。尽管生在尘埃漫漫的路旁，尽管无人关注理解，尽管好心的付出得到的是摧残与践踏——可是她不在乎！她到底是开花了，开就开得清香馥郁，谢就谢得果断决绝，这华丽的生死，尽管无人在乎，她到底是自己痛痛快快地经历了！这番柔弱与刚强，怎能不叫人为之心疼与敬佩！

二、式微

  我感伤而虔诚地立在落花的桂树下，百感交集。一旁穿着阴丹士林蓝布衫的卖水果老头靠在黄竹扁担上一脸惊诧地望着我，如同看到一个疯子。过路行人有的用疑惑或嘲笑的目光瞟我一眼，有的维持着冷漠，匆匆走了。还好，没有人边拉住想和我说话的小孩边说"别过去，那人像个疯子"。但就便有，也无所谓。

  如今回忆，我仍为自己对自然与爱情保持着敏感与信仰而感激。感激自我的执着与上苍的仁慈。人人都有权生活在自己的世界里。不问世事，修养自身，在花影茶香间吟诗作画令人钦慕向往；于功名利禄间算计筹谋，在世俗生活中浑噩挣扎，或许也只是迫于求生的选择。花精力去计较、鄙夷、难过，不如自我完善警醒，与真正爱自己、自己爱的人一起。这样看来，就算最后一树桂香迟暮，也应是值得欢喜的吧。

一兜水果

当年读高中的时候,偶然读到一篇文章,文意已记不清楚,却记得里面有一句话道:马兰花便从三孬的水果摊上买了一大兜水果。当时读到这儿便出了神,以至于文章讲的是什么,题该怎么答浑都忘了。再回过神,时间已过了不少。

为什么是一大兜呢?如今出门买水果,或是亲戚朋友相送,从来都是包装得精致的瓦楞纸箱,表面印着彩色的丰富水果花卉图案,或许还扎了蝴蝶结丝带。又或者随意一点,就用一个结实的塑料袋提回来,或者用塑料保鲜盒装好带走。说是"一袋水果"或者"一箱水果",我或许就一掠而过了。可为什么偏偏是"一兜水果"呢?

哦,我突然想了起来。这文章想必有些年头了。我很小的时候,水果产业还不发达,没有什么网络时鲜快递或水果连锁仓储公司,所有的水果都是小城里的商贩统一批发好,再运到自己的摊上去卖的。那时冰箱还不时兴,水果保鲜卫生做得也不太好,

二、式微

马路边的小水果摊前，支起几个竹质支架，铺了一层翠绿的叶子，上面放着柑橘、梨子、桃子、葡萄等时新水果，架子下，马路旁往往还放着几个较大的竹箩筐，里面放些体积较大的水果，如柚子之类。水果上市得多的时候往往天气也最为炎热，没卖出去的水果表皮很快就会发黄溃烂。闷热的空气中弥漫着带有酸臭味的烂熟甜香，几只苍蝇稀稀拉拉飞在水果上。坐在后面的老板沉沉打着盹，不时用芭蕉扇驱散觊觎美味的蚊蝇。

在架子的最顶端，往往就摆着几个竹编的水果篮。那篮子编得很是精致，椭圆的外观圆融漂亮，一片片竹子交叉弯曲成好看的弧度，似乎还带着山林田野的清芳。篮子上的手柄也往往是竹子编成，五六股修长柔韧的竹片拧在一起，做成一股，连在篮子的两端。手柄上往往裹着些暗黄的柔软稻草，避免手拿它的时候被锋利的竹片边缘划伤。篮子底下往往也垫得有大量蓬松的稻草（以此使篮中的水果看上去很多），上面再铺些绿叶，然后再放入一些卖相最好的新鲜水果，粘上一个俗气的红紫色塑料蝴蝶结。

这样一篮子精致打扮的水果在当时往往要价不菲，也只有在医院里住院的病人或者过寿辰的老人才能幸运地得到一篮。我小时候总觉得那一篮满兜兜的水果有一种说不出的充实好看，一心想要得到自己的那一篮。但奈何小时候身强体健，什么病也不生，更没有机会去医院的病床上躺着接受水果鲜花和问候；至于生日，小孩子的生日通常是和蛋糕气球玩具一起过的，并没有谁会想到送我一篮俗气老土的水果。但总觉得那个漂亮的竹篮子提在手里有一种亲切精致的意味，就连那朵红紫色蝴蝶结似乎也变好看了些，那里面装的水果也貌似比平常吃到的更为可口。可惜家里一直没有机会收获一篮子果实，反倒是与父母去医院探望别的朋友时曾经在医院门前的水果摊上买过一两兜水果相送。我总是固执地要求自己提着那篮不轻的水果，父母在一旁时刻用忧虑的余光瞟着，生怕上楼梯时我一不留神摔了整篮的五颜六色。而我提着那沉甸甸的一篮，总感到一种神秘异样的趣味，想要掰下两颗什么尝尝，又是不被允许的。因此总对那一兜水果有种异样的感情。

有一次外婆生病去了省城的大医院，我和母亲前去探望照看，一番嘘寒问暖之后，我惊喜地瞧见外婆病床边的小桌子上摆着一篮别人送的水果。除了篮子做工分外精细，水果外面还罩上了一层晶莹的玻璃纸，好像白雪公主的婚纱似的将一篮子果香掩映其中。我心里竟是说不出的高兴，伸手掀开玻璃纸摘下两颗葡萄送入嘴中，那味道却令我相当失望。木木的，像是糯米粉一样，没什么甜味。再用手刨刨，看似满当当的篮子里其实只铺了薄薄一层水果，下面全是大把的稻草。我感到很无趣，转过身子便不再去玩那篮子了。

时代发展得很快。十几年后，那些曾经在街头攻城略地的水果小摊纷纷蜷缩进阴暗狭窄的小巷，大街上的水果生意被精致卫生的现代化水果商店垄断。走进宽敞明亮的店面，一排排冷气柜里陈列着自世界各地而来的上乘鲜果与饮料，货架上的瓜果看起来十分清洁，试尝一小块，会有浓厚的清甜流遍舌尖。若相中了哪块大瓜，会有专业的服务人员取过为你去皮切块，配上牙签装进干净的塑料盒中用彩色硬纸片密封，让人非常有食欲。如果你想足不出户，甚至可以花点钱请外卖人员将包装精美的鲜果送到家中。这样的生活模式下，我也告别"一兜水果"的时代好多年了。可现在为何又莫名地想起它来了呢？

冥想许久，我想起来了。自己大抵是还怀念着那些竹篮子背后人们的用心而为与竹篮背后渗透的中国古典文化清香吧。中国文化里素来喜木，人们将木作为五行之一，中国传统建筑中，楼阁轩榭多为木质结构，楼阁中的家具也多以木料制成，乃至中国人提到建筑总喜欢说"大兴土木"。大抵是中华文明自古崇尚天人合一，道法自然，敬重皇天，也就自然尊敬生养万物的土地。树木自土中生，吸收天地之灵气精华，在晴雨云雾中成长。在生活中使用木材，是最能够亲近自然，感知万物的。

渐渐的，木材也分出了品级层次。中国上流的文人雅士阶层，偏爱檀香木、鸡翅木、花梨木等名贵木材，这些木材加工成桌椅玩物后，显得温润亲切，散发着清淡悠远的深香，像碧螺春茶在早春泉水间氤氲起的云波，令人心旷神怡。而皇室贵族却更爱雍容华贵的木料，金丝楠木、酸枝木、黄花梨，显出傲视天下的阔绰富贵。那宫殿更是修得富丽堂皇，殿中的顶梁柱一根根粗大得吓人，几个人围抱都抱不过来，一层层抬高的金銮殿上便是皇帝金碧辉煌的宝座。但宫殿再高大富贵，建筑它的土石木料总令它们看起来不至于过分咄咄逼人。

漂亮的文玩也是木料的多。念珠，香盒，漆器，佛像，多由木料制成。百余年前的许多生活用品，也是木头制作的，看起来总觉得分外精美亲切，仿佛能够感受到手工匠人一刨一凿，一刀一刻的用心打磨。曾见过一个古代用来送饭的木质提篮。八角形的篮子有两层，里面可以装几碟荤素汤菜，起保温作用。提柄，篮底，盒盖，每个细节都做得分外精美，细细镂刻着蝙蝠纹和山水图案，上了漂亮古朴的紫红漆，显得端庄而厚重。再看看自己用的塑料饭盒或不锈钢餐盘，我不禁寻思着，社会在发展，可为何这些精致文雅的生活细节被岁月打磨得面容模糊呢？

被打磨得模糊的不只是生活的美感，还有曾经纤细敏感的心灵。那些曾经徜徉在山水花鸟、云雨湖泽之间的灵魂，曾经沉吟于小庭深院、春雨秋风中的心田，在世界文化史上留下了多少扣人心弦的华丽乐章。可是如今那曾看山看水看月色的明亮双眸渐渐蒙上了尘埃，多少人在金钱的迷雾中，在荧屏的亮光中，在内心的算计中失去了天真烂漫，断绝了与世间万物的关联。昼夜颠倒的不夜城华光璀璨，使深坐颦蛾眉的倩影再难寻得一人，陪她去看千山暮雪，云淡天长。

那当年的一兜水果，随着那篇阅读题，渐行渐远了。又或许在哪里，它仍然在吧。

三、寒山

夏天冰未释,日出雾朦胧。
人问寒山道,寒山路不通。

新年贺词

又是一年的尾声。今年的元旦显得空寂,大街上三三两两的稀落车辆往来,行人都少了许多。店铺纷纷打烊关门,不过这似乎也说明人们都回到了家中,与家人们共同平安跨过世事纷扰的2016。再过几个小时,一年便又要接近尾声,新的一年缓缓拉开序幕。这一年是动荡不安的一年,地球上又发生了许许多多的事,自己的人生亦如一叶漂泊的船,无处依托,在爱与被爱中遍体鳞伤,最终仍旧孤独地坐在桌前,等待着一年的结局与新的开始。

这一年的世界,四面八方一如既往的动荡不宁。各地的战乱、饥荒、袭击、争执与矛盾持续不休,而自己蜷缩在中国的一个小小角落,在和平与发展的环境中又度过了一年。世界上的很多事情都令人心生感触。伴随着时间的推移,中国的实力一天比一天强大,身边的一切也都发生了日新月异的变化,崭新的高楼大厦与繁华的商业区拔地而起,车辆发着光在纵横交错的马路上流动前行，物质资源越来越富足，我的内心却时常落寞而悲伤。也许真正能够使一个人快乐而幸福的事情除了金钱与物质之外，更多的还是感情与爱。

这一年发生了很多很多的事情。自己的内心无数次地跌落，失望，煎熬，痛苦，那些昙花一现的快乐与美好，像是无数在天空中漫天飞旋的碎片，飘落人间。暗夜孤寂，底色茫茫，自己在这里，逐渐成为一个完整与独立的个体，昔日的爱恨情仇明明才过去没多久，也就在这一年之中发生流动，却已感到是好多年以前的事情了。张爱玲说，因为爱过，所以慈悲。自己的身体生长的速度总赶不上内心的衰老，常年的离群索居，亦感到与这个世界格格不入。就算曾经有人微笑着开始带我进入这个美好与痛苦并存的世界，在纠缠与黏结爱慕之后，也最终成了冰冷含泪的诀别。自己的内心发生着微妙的变化，仿佛自己的灵魂已经不为自己所拥有，而是成了一个在外界的刺激下独立成长发育的个体。心里曾经大起大落，悲喜交加，尝到了人世间的种种心酸与白眼，最终又回复了宁静。只是自己再也无法真正纯洁明净地享受欢乐，对悲伤也日渐麻木了。

有时候在思考，人与社会与世界，乃至整个浩瀚的宇宙之间究竟有无关联，一个人在如此广袤的星河中，连一粒尘土都不如。我们为什么活着，我们生活中的一切究竟意味着什么，我们灭亡之后又将去向何处，这时间与空间是否有走到尽头的那一天。一想到这些问题，自己的心里就会百般的纠结与落寞，不知道一切的意义。一次乾隆皇帝下江南，在山巅的佛寺里与住持交谈，他问道，这山下的长江里，每天这么多来来往往的船只，到底有多少啊？住持微笑着说，只有两条船，一条叫作名，一条叫作利。人的一生，不就是为了名利奔波吗？然而名利无常，真正能使我们愉悦与快乐的，不过就是真诚而温暖的爱与情罢了。我越发感到自己不过是一个为情而生的人，然而真正的情，却难以找到。

有时候夜半难眠，遥望寂静夜色中黯淡的星光。每个来来往往的人都在为自己的一条命而奔波忙碌，或伟大或平庸地活着。世界上的人亦是如此，不同的种族，语言，宗教，国籍，活着的方式千差万别，其本质却毫无变化。心日复一日，年复一年地积累伤口，信任，爱恋，背叛，谎言，伤害，绝望，心死，到头来却只有自己能够舔舐自己的伤口，对别人的一切，也许只是自身在动荡尘世里的恻隐和悲哀。

再过不到三个小时，这一年就要临近尾声了，经历了许多事情，辛酸而痛苦，也有过欢乐而美好的日子，有人说每每到了年末，都应该对之前的一切清零，才能更好地面对未来。我亦知道，活在过去的人是永远都没有将来的。但知易行难，谁的人生，又能够像自己料想的一样四平八稳，完美无缺呢。

我一直坚定地相信，这世上，一定有一种超越一切的力量存在。有一天山河陷落，天崩地裂，甚至宇宙毁灭，唯有一种不为人的意志所转移的道法，能永恒地在这世间停留存在。身体一直发病，也不知道自己在这世上还能停留多少时日。罢了，既然命运如此安排，便在这世间闯一遭又何妨。

有时候梦见自己是个戏子，置身偏远城市的古老庙堂，华丽而摇摇欲坠的腐朽戏台，飞檐高挑，台下黑压压的人群，一双双眼睛带着好奇与猜忌看上来。脸上描着浓妆，一身华美丝缎戏服，

三、寒山

绵密有序的丝竹管弦响了起来，身段随节奏扭动摇摆，悠扬的唱腔绵长细腻，冲出喉咙，丝丝缕缕融化在空气里，心里却充满了无尽的哀恻。感到世界与我，亦不过像舞台的升起与终将迎来的坍塌。

新年将至，马上旧的一年将再不复返。时间一刻也不停留。不为欢愉停留，亦不为损伤停留。整理打包之后，继续迈向前路吧。既然无法了解，便坦然接受。

最后，在这年关末尾，预祝，新年快乐。

2016/12/31　深夜

成都的中午

开学前一天。

四五天前重新回到这个繁忙而陌生的城市。在重庆小城的家乡待了大半年,终日与世隔绝,上网课,在网上购买食材,做饭,清洗碗筷,洗衣服,看书,看手机。明明对电子产品中破碎混乱的娱乐信息毫无兴趣。我可怕地感觉到一种人生的虚无,一种干什么事都无能为力的虚无。人尝试去用力地活着,最后却往往会发现一切陷入一场荒谬。加缪在《西西弗神话》中第一句话写道:"真正严肃的哲学问题只有一个,那就是自杀。"人是如何才会想放弃自身以这种形态在世界的存在?严肃而浪漫的政治自杀是一回事,而更多的时候却是发现了人的无解与荒谬。《传道书》上说"虚空的虚空,一切都是虚空",人有时候尝试用力地生活,最后却发现人生陷入一场戏谑,原本的意义与崇高是无价值的事情,取而代之的则是无解的荒谬与混乱。我们做的一切像是在击打虚空,又像是切割湖水,尽管会有短暂的兴风作浪,但最终得到的结果依旧是古井无波。

　　前几天见了一个朋友。她大我三岁，早在初中的时候就知道她作文写得极好，我当时去搜寻学校的校刊来看，对当时的心性来说，这种瑰丽华美的文字令我心生向往。在中学早期的四年时光里，我的语言也渐趋浓艳华靡，宛如空中楼阁般绚烂不实。几个月前读到《圆觉经》，释迦牟尼说，一切众生从无始来，种种颠倒，犹如迷人。我们执着的一切其实都是没有固定根基的，只需一阵洪水便无影无踪，一切的偶像都是泥做的偶像。这种种构成生命的影像是空中之华，无有自体，如露亦如电，应作如是观。她高中去了重庆的南开，我追踪着她的日志，看着这个女孩的成长过程。直到前一阵子，我突然觉得彼此有必要见个面，便约了她出来。她来成都旅游，我们在校门口的地铁站见面。

　　她的皮肤极为粗糙，身材瘦削，看得出常年熬夜与神思疲倦的痕迹。和我一样，她也已经写不出当年的小说和诗歌，华东师大哲学系毕业，现在在复旦研究当代法国电影美学。很多东西在外观上总给人以美好庄重的感觉，比如她和我外在的标签。然而卸落伪装，剩下的却是损伤、空洞、狼狈的实质与不放弃的探索。这是一条黑暗的道路，虽然它的趋向是光明。我看着这个眼神冷静而空洞的女子，穿一件驼色女式薄大衣，穿一双杏色高跟鞋，涂鲜艳的口红，却让人感觉悲怆。脸上的白粉，画得长长的眉毛，仿佛《蝴蝶夫人》歌剧中走出的角色。不属于这个安定的世界。我虽对世界感觉颓唐，但那是隐蔽在心底不易发觉的，她却能大胆地以身心一体之面目混入这个世界，真是奇怪。

　　她和我谈起悲怆而戏剧化的感情史，说自己的过去是一个巨大的虚构，时间的方式可以被扭转和重生。到底什么是真的，什么是假的？她说自己现在一头钻进德勒兹的时间理论中，这种时间从电影世界蔓延到现实世界。她说自己读研期间想写一部小说，写一个从不曾发生过的虚构的故事。时间改变了很多东西，我们相遇时都已经褪掉了当年纯粹的感伤与情怀，现实是如此冰冷生硬，容不得半分幻想。我对她说，我现在已经无法写诗，因为我再也不能用那种细腻如丝，百转千回的感伤与悲痛来摧折自他的身心。但或许对那些诗人而言，这种痛觉与美就是他们的存在方式，他们从中发现人生的价值和意义。他们至少感觉自己是活着的。所以一个人能做一辈子诗人，我的内心是佩服的。

我不认为我们是一般的朋友关系，这种感觉也与恋爱无关。更准确地形容，我们是甲方和乙方。我看着这个灰头土脸，或许感染了重感冒脚步虚浮的平常女子，很难再把她和当年自己心醉神迷的文字联系起来。那些或斑斓，或纯净，或破碎，或阴郁的文字。无论怎样呈现，它们的背后是一颗鲜活敏感的心。而现在我所感应到的，是一颗敛息无声的心，它迫切需要疼痛与折磨。而我的心已经慵懒，懒得不屑于关注任何与己无关的夸夸之谈。剩下的兴趣唯有爱，美，死亡，以及真相。

最后一天下午，去文殊院，她重感冒。在地铁站与我告别，脚步虚浮地下车离去。我在想这个女子今后将会面对怎样的命运，我又会面对怎样的命运。我曾经习惯于撰写各种各样完整的小说诗歌散文，投其所好，希望借此谋生。可现在除了这四不像的随笔，我已写不出任何东西。文学创作的意义难道不就是表达最真实的自我吗，为何现在形式却压过了内容本身。这是一种奇怪的现象，整个社会对形式与虚荣的盲目崇拜远远压过对内在的鉴别反省，人们只顾着满足自己感官与精神的快感，却不肯问问自己到底是什么，要什么，有什么。

我常常问自己，生活与努力是为了什么。可怕的是，我没有任何目的。上好大学，找好工作，不过是为了不饿死。身体和精神不饿死渴死。我的努力并不是为了趋向什么，而是在逃离一些东西。正如佛经中不说诸法实相是什么，对其不是什么却说得清楚，并且这两个层面绝非平面上的互相比较，而是质地中的根本差别。

顶端是无限的寂寞空虚，底端是动物本能的求生意志，中间是无尽的厮斗、争打、丛林游戏，覆盖它们的根本是人的无明愚痴。一个人日日兢兢业业，朋友圈看得出繁忙工作，展示出的工作区域看得到北京著名的地标，住好小区，送孩子上好幼儿园，并为此拼尽全力。我在想这究竟是生命的质量提高，还是一种作茧自缚。千百年后，再多的繁华也化作灰烬，资本与利益使大城市的生活变得艰难，寸土寸金，勾引人们无休止地搏命赚钱，而顶端的有钱人不需要计较钱，却体会到无目的的虚空世界，于是有时候挥金如土打发时间，依靠他人的羡慕生活。难有人在自我身上找到安定。

我想起《桃花源记》，又想起张择端的《清明上河图》。无论是村野还是城市，这些时空中生活着的人，面容安详，自在从容，在什么样的处境下都能够安然处之。如果迷信世界的发展，那么就永远不会知足。念念当下，才会不惧过去未来。时间或许也是一种分别之心所生的幻觉，而真实的彼岸在哪里，没人知道。

| 潮汐录 |

饿

饿的时候，我会想吃东西。我经常饿，所以我会吃各种各样的东西填补肠胃的空虚。食物的芳香和热量从食道落入咽喉，胃和心脏应是有连接的，胃不舒服的时候，心情也会不好。昨天晚上胃痛到半夜，尖锐绵延的疼痛成了我身体的一部分，如影随形折磨着我的身心，吃东西下去只会更痛，这便是我不知如何是好的时刻。理性丧失作用，肉体被架空，不知道自己与世界在以怎样的方式存活。半夜十一二点，突然想起自己洗的衣服还在洗衣房没有拿上来，又去洗衣房拿衣服。晚上下着冷雨，强忍不适下楼去，想着在自己最脆弱难堪的时候不会有一个人来关心我照顾我。人们只喜欢鲜艳悦目有利用价值的一面，却厌恶弱小的需要付出时间精力的另一面。那些交友网站上形形色色的男人女人，眼中只有欲望、防备与冷漠，看不到任何爱与美的痕迹。他们不可能在我胃痛如绞的时候为我下楼收一桶衣服。人是那么的自私，经不起哪怕一点点细盘细问。所有确立过关系的人，总会在需要的时候缺席,却会在不必要的时候出席。借口怎么都能找,有自己的事也正常,但当我痛得无法进行任何判断与思考的时候,我在意的事实只有一个:这个人,在,还是不在。而戏剧化的是,答案永远是后者。并且再多的借口、解释、甜言蜜语都无法扭转这个否定的事实。这是真相的残酷。宛如一堆焰火,诺言只是焚烧进去的冥币,为的不过是纪念。

对爱的执着慢慢成为一种脱离现实的信仰,在冰冷生硬的现实中,连美团外卖都比一个所谓的爱人靠谱。如果不准时送到餐食,客户有权投诉,利益受到威胁,外卖只好勤勤恳恳按时出现。情感不能做到让一个人信守承诺,功利却可以。有些我们日常排斥的东西,却会在某个瞬间暴露出赤裸不可逃避的真面目。我一直相信最终的爱恋与融化小我的慈悲定是性爱一体的,性是爱的桥梁、港湾、阶梯与保鲜剂。但在生冷的现实中,性与爱可以分得如此清楚。食色,性也,性是难得而充满危险禁忌的宣泄方式。于是大多数时候,吃就成了另一种表达手段。我一天中需要不断吃各种各样的东西,隔几个小时就会觉得饿。身体酸痛眩晕的时候,觉得整个人从内而外在发霉腐烂,呼吸粗重带着浊气,胸口发闷不知所以。没事的时候一个人坐在家里,面无表情,没有做任何事情的欲望。只能不断地喝牛奶,喝矿泉水,吃苹果,吃蜜橘,吃梨子李子红心火龙果或者喝苏打水兑百加得。没有食物的能量摄入,身体有一种沉没败坏的感受。想要感情却得不到,于是食物成了情绪安立的特殊方式。

曾经有段时间,一大早起来就饿,要吃东西。也常常去运动,运动完了喝高热量的牛奶蛋白粉,将剥皮的香蕉往嘴里塞。早上吃大碗的面条和煎鸡蛋，中午晚上吃麻辣香锅和很多米饭牛奶，在小超市买热鱼丸烫平菇千叶豆腐。后来突然觉察到体型的变化，对食物开始控制。减少碳水和油脂，只吃清蒸的鱼肉鸡肉和水煮蔬菜，偶尔吃杂粮饭红薯南瓜，体重迅速减轻，回复清瘦的样子。遇到好吃的会一次吃很多。和一个上海来的女孩去文殊院旁边的自助茶餐厅吃饭，她惊叹我一连加了两次菜。豉汁蒸排骨，黑椒小牛排，金钱肚，虾饺，白灼蔬菜，吃得身心畅快。由于过度的形而上思考与空虚的觉知，我很难体会到精神的完满快乐，食物却最能轻轻松松令我快乐。始终也无法胖起来，平时坚持运动，运动也是消磨时间，以一种雕塑自身的方式进行浪费。消耗完能量，又摄入种种能量。我对食物的品味不局限一时一地，极为广泛，中国菜系的四川菜，粤菜，江浙菜，鲁菜，东北菜，我都喜欢吃；亚洲的韩国菜，日本菜，越南菜，泰国菜，西方各个国家的西餐菜系，我都能接受。

　　在吃不到好食物或不能吃东西的时候，我会觉得异常空虚寂寞，身心状态极差，什么事情都不想做，可又必须做一些事情，肉体和精神就这样来回撕扯。我想身体与精神的联系可能比我们所想的要密切得多，不然在失去食物的时候我的状态为何一直萎靡不振。我的自控力又极为强大，减脂期间往往十来天不沾油腥，饮食极为清淡，但剩下的时间也不知怎样度过。除了无聊，就是头晕，经常反复发作的头晕，小时候从未想过这种病会降临在我身上。整个人仿佛被抽空了力气，头的抽搐昏眩蔓延到四肢，仿佛走一步路都有千斤重。旁人很容易就完成的动作，系鞋带，拿手机，倒水，都让我感觉操纵肢体非常酸痛艰难。这种情况下，我就更讨厌意外的发生。玻璃杯被手扫到地下砸碎了,只能先扫大玻璃片再用一张毛巾裹上剩下的放进袋子;挂衣服的横梁突然断了,只能依次一件件捡起衣服重新挂上。如果自己不做,就只有留给别人做。而更多时候,没有人会帮你做,再不舒服再折腾人的事情,也只能自己慢慢地做。

其实吃东西是一件很痛苦的事。吃快了喉咙容易哽住,胸口像被人踩过一样酸软难受;一不留神食物残渣就会卡在牙缝里,一点点变质腐烂,口腔中是浓郁的酸味,仿佛感觉到细菌的蠕动。吃东西其实也是个苦中作乐的过程。就像人生活在地球的大气压下,本来很痛苦,慢慢就适应了这压强。我们的适应能力其实远超我们的想象,这就是为什么人最后会觉得饿了。

旅人

2018年周一下午七点零七分，我在空白的文档上打出第一行字。心里感到空虚，秋天却依旧招摇地展现着独属于它的优雅与美丽。一行行整齐排列的银杏树，叶子颜色由残败的淡绿色逐渐变为金黄，大团大团挂在四面伸展的树枝上。有阳光的时候，这座平原城市的天分外蓝，却是一种淡薄而悠扬的蓝色，永远看不到拉萨、日喀则或是可可西里那种深邃澄蓝得透出神光的碧色天幕。淡金色的阳光簇簇地洒落，如同镜子一样透明，空旷的校园呈现出清洁安静。有时去市中心的太古里商圈买书，喝咖啡，吃简单的饭食。低层的青瓦阁楼，玻璃幕墙，入驻高档昂贵的国内外奢侈品店铺，蒂芙尼，爱马仕，瓦蓝提诺，古驰，精心剪裁制作的昂贵衣衫首饰，在玻璃背后散发浮华气息。衣衫的本意是为了遮蔽，再者是为了适宜自身的美。如今标价高昂的衣物设计得千奇百怪，花纹图样繁复艳俗，丝毫没有一件耗费大量时间精力制作而成的艺术品应有的精致与典雅，反而显得花里胡哨。这是

三、寒山

一种时代审美价值的错位。时代是在发展，但相对主义与快节奏发展日益抹杀着人心中干净分明的美丑边界。纯粹的，经典的，清洁的，自然的，庄重的东西被视为老土、过时而被抛弃，各种各样奇绝夸张的现代艺术让人无从分辨美丑。其本质是现代人的心理乱象。精致华美的高品质生活背后，灵魂空虚憔悴，精神世界贫乏而混乱。金玉其外败絮其中，而这种虚假的金钱本位繁荣模式却又成为许多男男女女日夜为之奋斗的目标。口号宣传与浮泛热情宛若浮于头顶的薄雾，无从推动内心。仅仅拥有荣华富贵的生活，充足的同时，也令人空虚难安。难道人一辈子追求的就仅仅是各色精致美味的菜肴，穿不完的舒适华丽的衣物鞋帽配饰，宽敞美丽的住所，各种各样充满声色愉悦的娱乐活动，以及无数人的推崇尊敬与赞美吗？美好易逝，精神难满，繁盛的物质和荣华富贵无法带来精神的平静和满足。我们在自己所拥有的小小金钱基础上努力营造一个美好一点、舒适一点的物质生活空间，在淘宝天猫上花几十分钟几个小时只为挑选到一件价格便宜一点但看起来美丽合体的衣衫，是如此的精打细算。而当物质繁盛起来，又该如何？如果真的那样，我们是否快乐，是否真的能感到满足？或者说，从与家人的亲密关系中，从爱情的连接或从性爱中发掘出的人生热度，这些东西是温暖平静的港湾，还是临水自照的幻象？

我在重庆下辖的一个小小县城里生活了十八年。城市建筑在低矮山坡丘陵之间，几条马路，楼房大多低矮，只有新的商业中心耸立起几栋巨大高楼。马路两旁开得最多的是火锅店、汤锅店和杂货铺，我小时候一向不喜欢汤锅、火锅，以及大锅大锅的美蛙鱼头，羊肉蹄筋，土鸡山珍，感觉满盛着的肉块、土豆、萝卜和各种调料搭配出的是一种肉的欢愉,口舌的满足。我感觉自己与家乡的一切格格不入。当地人大多有着稳定而收入适中的职业,足够支撑他们在这个小城的生活。偶有大发横财的家乡名士从上海北京甚至外国归来,也会迅速融入当地这个小小圈落,一样在装潢简陋的小店里喝啤酒白酒大声喧嚷吃油烧兔尖椒鸡等大盆大盆的辛辣油腻食物。一碗一碗的生肉,倒进油锅里,加入花椒、干辣椒、泡椒、八角、茴香、盐、味精、鸡精等,口味浓重,大碗大盆,显出不修边幅与坦然豪放。小县城以龙灯闻名,桥上、楼间都有龙纹装饰,自成风骨。记得小时候,城市中心的马路街道,赤裸上身的十几个青年男子在一片铁水花中舞龙,观看的人非常多。外公把我举到肩上,让我坐在他肩膀上看舞龙。一片流光溢彩中,几条由彩布和亮片编织成的龙上下翻飞,美轮美奂,小时候觉得惊奇,却也感到寻常。

  后来去了很多的城市。慢慢喜欢一个人游玩体验。小时候与家人、长辈一起,一路上打牌,聊天,在旅游景点草草闲逛。旅游或许只是一种必要的换地点散心的方式,而我在其中却感受到,旅游是心灵的见闻和成长。学习渐多,精神思想发生变化,不再是父母家人眼里听话的孩子,根源不过是彼此的精神与心灵渐行渐远。对于父母爷爷奶奶外公外婆来说,十年前与十年后也许区别不大,可对我而言,十年的时间足以脱胎换骨。又或许,等我到他们的年纪,脱胎换骨的速度也会慢下来。交流感到词不达意,彼此的灵魂精神产生鸿沟,外出时家人电话一直很多,询问吃饭、休息、娱乐、学习、社交等,无非想确保我基本沿他们觉得合理的方向前行。可是什么又叫合理,什么又叫自我与他人?思考与体会让我居住在庞大的家庭结构里，却与其他人隔着一张一捅就破的白纸。小心维护，各自在两边唱念做打，演戏不亦乐乎。亲情是有，却无人理解相知，虽处于俗世的幸福中，灵魂却一直是孤独的异乡客。

在西双版纳的时候，和朋友一起在热带雨林间的木质悬空廊道里漫步。温暖湿润的热带空气，阳光烂漫，树木盘旋曲折，根系庞大错杂，四面劈散，葱郁的灌木花草生长其间，浓密的枝叶筛下斑驳光影。一条浅浅的河流浑浊缓慢地流动，竹林间有一家四口的亚洲野象在觅食嬉戏。后来听本地人说野象极难遇到，方才觉得是个小小惊喜。树上偶尔见到猴子，杏色或棕黑色的毛，卷着尾巴躺在树杈间休息。景区内有东南亚风格屋顶的美丽房屋，一个半圆形玻璃大棚里饲养着成千上万的蝴蝶，绚丽翅膀四处飞舞，棚内种着叫不出名字的花树，蝴蝶停息期间十分优雅动人。有美学家说，美是心灵的震颤与感动。我不觉得惊叹，只感到平静与随和。一个平静大湖上种满睡莲，阳光下平和优美，细长的花瓣层层打开，是短暂无比的美好清洁。乘坐着缆车从森林上空掠过，看到孔雀、鹦鹉，玻璃笼子里的蟒蛇有一只生了皮肤病，鳞甲溃烂。朋友热情，晚上请吃当地少数民族的特色菜，手抓糯米饭，烤五花肉，烤鱼，瓦罐鸡汤，鱼片粥，炸河虾，蒸肉末，配上柠檬，薄荷，酸辣汁，竹筒饭，用铺好绿色芭蕉叶的竹筒一一端上。食物丰盛饱满，民族风情浓厚，让人觉得喜欢。吃完饭散步回旅馆，在小阳台的摇椅上坐了很久，边摇边看着黑沉沉天幕上一轮皎洁圆月，呈现出玉石般通透的晶白色，边缘在云层间闪烁着发毛的光边。月亮旁边是西双版纳特有的美丽阁楼，东南亚与汉地风格结合的样式,向上弯曲的飞檐层层交叠,铺着方形平瓦的屋顶宝塔一般,尖拱处正是升起的月亮。我在阳台上唱了很久的歌,多半也只是唱给自己听。

几乎从来不吃火锅,因为一般是一个人出门吃饭。习惯独处,很多时候觉得适宜,逐渐人为与他人画出界限,不热衷于集体活动。读书,写作,笔记,电影,咖啡,茶叶,插花,音乐,旅行,跑步,健身,出门吃饭,逛博物馆。优美丰盛的琐碎生活让人在孤寂中发现平静自由。喜欢面容清洁美好,目光干净的人,无论男女,在经历许多之后仍能保持健壮静美,是一种本事。如同月白或淡青的旗袍,修饰苗条美好的女子身躯,宁静悠远的坠落,似一朵芳香白花。与人在一起,反而更觉得孤寂,如何与周围的人必要互动,是需要探索的话题。

想起暑假时半个多月的外出旅途,一个人拉着一个小小的旅行箱,在当地超市买来,要价昂贵,好在结实。带上数件换洗衣物,笔记本电脑,充电线,几本书籍,笔记本,笔,药品,洗漱用品。一路转换地点,游走在江西和福建,中国东南区域的广大土地。居住的地方几天变化一次,从庐山上宁静清凉的小小别墅到三清山脚下几十块钱一晚的青年旅舍,吃的东西从几百块一餐的厦门鳕鱼海鲜到南昌老城区小巷子里几块钱一碗的面条鸡蛋。路上一直尝试减少所带的东西,矿泉水和水果都会加重行进的负担,能扔则扔,轻装上阵。记得在武夷山脚下的茶院过夜的几天,白天去武夷山中闲逛,坐竹筏漂流,爬山,参观其间的各种古代书院遗迹,纪念馆,在古色古香的商业街里找店铺吃午饭,台式风味的卤肉饭,中式炸鸡,酸梅汤,小食;黄昏回到旅馆吃饭,

三、寒山

喝他们自家制作的茶，与他们围在茶桌前聊天，互相斟茶，闲聊彼此。工作了一天的旅馆工作人员纷纷聚拢过来，有做茶的师傅，收银员，泡茶的女子。闲谈不过打发时光。喝了好几种茶，武夷山的茶清香醇厚，大红袍，金骏眉，正山小种，独具风味的野茶，汤色金红鲜亮，顺着喉咙落入腹中绵密妥帖，感觉舒服自在。短暂的几天交汇，之后或许各奔东西，忘掉彼此，最终于对方的意义不过是生命中的一个过客与配角。也许再不会去武夷山。

从南昌一直坐火车兜兜转转来到厦门，事先不做全规划，临时购买火车票，所到之处有婺源的小村镇，云遮雾绕的高山，也有繁华美丽的大都市。我在寻找一些什么东西，我不知道，只是觉得如此快乐心安而已。在厦门的海滩上，夜色降临，我脱下鞋子用鞋带打结提在手上，长裤挽到膝盖，在起起伏伏的海浪中漫步良久，海风咸涩而潮湿，带着夏日的热度。远处一片黑暗茫茫，偶有灯火闪亮，是巡航的游船。老人，青年，孩童，纷纷来到海岸嬉戏游水，放松玩乐。岸边不远处有商贩兜售花花绿绿的彩灯光球，购买的人多为孩子或恋爱中的少女。感觉疲惫，上岸穿上鞋子，在岸边的西餐厅吃晚饭。烤的鳕鱼肉，莫吉托鸡尾酒，黄油面包，味道平平，价格昂贵。只是感觉兴奋，自如，又总觉得落寞。

喜欢在古迹景区闲逛，在滕王阁、白鹿洞书院、武夷精舍逛上很久。白鹿洞书院位置隐蔽，游人稀少，阳光明亮直接，书院古朴的建筑、石碑，种植的桂树、芭蕉、海棠，让人觉得空落自在，长时间地看各种解说与石碑上的文字，花费大量的时间。

在西双版纳时，有一天上午去看大佛寺。别具特色的佛教寺庙，紫红屋顶，金色檐角，三角形檐顶层层重叠，里面供奉绘制精美的佛像，各种法物。进去需要脱鞋，赤脚在木地板上走来走去，端详，跪拜，看屋顶的壁画，讲述佛的得道修悟。下起雨来，清凉雨丝打在脸上，把眼镜弄得一片模糊，在衣服上草草擦干。下午去傣寨时天色放晴，蓝色天空上太阳高挂，阳光直接照射下来，不打伞会容易晒伤。村落间最漂亮的建筑往往是寺庙，一色的红色墙壁，金色佛像浮雕，平顺檐角向外伸展，繁复难解的傣文，有和尚在廊间刻写贝叶经书，对游人的围观与提问反应冷淡。葱郁的热带花木，白色佛塔，泼水节，大象，使人有种分不清异域与故乡的感觉。

　　从厦门机场飞回重庆的时候，买了一杯香草星冰乐在候机厅等飞机，看张爱玲的《半生缘》，封面已经被翻到破损，时刻照料着自己的手机银行卡，对周围的人没有多余兴趣。只是上飞机时，一步步登上舷梯，回头望了一眼茫茫的土地，觉得内心无所适从，觉得在哪里都像是旅途中的人。

　　我现在在成都。也许再过三年离开它之后，我再不会回到这座城市。这段时空成为一种标记，这座精致典雅，却又如年糕一样无力温软的城市，缺乏北京的大俗大雅，没有上海的包罗万象与精致繁盛，也欠缺重庆的大气热烈魔幻荣光。它于我的意义，是一个旅途休息站，可人生处处，或许也只能是旅途中转站。我将要去往哪里，又将如何与一群群数量庞大的家人亲友相处，是否会有人与我相爱相忘，我不知道。那么就向着自己想去的地方多几分努力，努力把现在的生活装饰成自己想要的样子吧。要想让心灵找到栖居之处，多么不容易。但或许，这也就是作为一个旅人，享受自由的同时应该负担的重量。

三、寒山

2018　成都

十八岁的秋天。

看到的明信片叫"春天的故事",背景是鲜艳柔嫩的大片山间草原,偶尔长有稀稀落落的常绿阔叶树。再往远处是葱郁的云杉林,密密匝匝生长着,直插云天。曾经在新疆见过这种云杉林,高大的树木根系伸展,拼命汲取地下的水分,深绿的枝叶直插云天,连成一片。这风景颇有些欧化,像是十七十八世纪的荷兰风景油画。中国的辽阔土地上,类似的景观亦不少见。可中国画却少有此类宁静纯粹的开阔空间,往往云遮雾绕,绿水青山,行人屋宇若隐若现,呈现出仙境般的隐晦朦胧。什么风景不曾见过,却仍然执意偏爱丹青水墨,可见美不仅是外部世界的抽象外化,更是人类心灵的感性选择。美是共通的吗?可在不同的场域里,美是会产生隔阂的。至于美能否有圆融协调的一面,答案也是肯定的。这辩证分析的风格,总在日常精神世界中渗透出清新与诡异。

虽是诱人的风景,可真正去草地上坐着打牌野餐放牧便知道,远观绿油油的草面实则是一堆堆乱蓬蓬的绿草黄草混杂之物,蚊虫穿梭,小石子和肮脏的秽物随处可见,干湿不明处或许还有沼泽湿地。这是一种诡异的围城效应,草坪外的人看着草坪上人们嬉戏玩闹的英伦式美学景象,草地上的人却不如想的那样舒坦——像张爱玲说的那样,生命是一袭华美的袍,爬满了虱子。

学哲学使人的思维充满怀疑精神与理性主义,这种怀疑与思辨不知是否会削弱人独有的纤细敏感,尤其是男性的内心,在接触了浩瀚磅礴的历史文明之后,若仍能在意细微,发现美好,则更是一件不容易的事。我去过多少城市,自己已然记不清。从未出过国,就在中国游荡,千篇一律的城市建设,毫无特色可言的白瓷砖贴墙居民楼,镶着颜色深邃的玻璃,单一的颜色宛若希腊神话里波塞冬那深沉而忧郁的眼眸,在灰尘扑扑的马路中淹没。重庆,成都,北京,上海,南昌,厦门,开封,贵阳,苏州,地名成为人生的小小标记。十五岁在上海,十七岁在北京,十八岁在成都,城市的繁华是相似的。光怪陆离的商圈散发着相似的奢靡美丽,玻璃幕墙的天街螺旋通道,电梯;一楼有手机店、小吃店和超市;二三楼是各种各样的运动服、西装与时新衣物、奢侈品;四楼一般是游戏厅;五楼是各种各样的美食商城,各种食物应有尽有,日本菜,法国菜,西班牙烤肉,泰国料理,中国各地菜系;最顶层是电影院,爆米花饮料亚麻布沙发和玻璃墙千篇一律,贴满五花八门的电影海报。可城市的浮华气质有着差异。有人喜欢一座城市,是因为有自己在乎的人,人让地方变得不同。可我没有真正在乎的人,感情与羁绊无从谈起,要谈最终也是回

三、寒山

到自己的心理情感。一个人没有点外部寄托,虽然符合逻辑,多少是有点苍凉的。

北京的夏天像全国其他地方一样炎热,紫外线非常强烈,阳光透过华北平原的晴空毒辣地晒下来。这座伫立在华北平原与燕山山脉交界处的城市,和上海、成都一样平坦,宫殿庙宇园林错落无序地分布在新建的城区里,凌乱而浮躁。立交桥横七竖八穿行而过,三环四环每到五六点堵得寸步难移,车辆的河流在林木稀疏的城郊高速上缓慢推动,两旁是北方特有的落叶白杨树和白桦树,远处的山坡光秃秃,在冬天尤其明显。天安门广场,故宫和前门人流混杂,世界各地的游客熙熙攘攘,走久了会有一种无聊而孤独的感受。

上海给我的印象浅淡而真实,连同整个长三角。南京西路的清净整洁与庄严有序会给人一种精神上的压迫,对面陆家嘴的摩天楼群,亮起彩灯时是灯火通明的一片幻梦,白天穿梭其间感受却因人而异。我喜欢这种置身玻璃森林中的感觉,在森林的小角落分布着绿化和贩卖旧上海老货的小店,各种残破的钟表、粉盒和衣料,让人感觉这不是一座空洞无物的城市。来自海洋的风分外潮湿,高层建筑上空常年笼罩云雾。租界时期的英法建筑颇具异域风情,廉价的公交车与地铁受到欢迎——这是一座精致而势力的城市。

对很多事物的兴味都开始衰退。饮食,睡眠,衣着,荣誉,自由,自己也不知道怎么回事。自身与外界割裂,写出的文字宛如幻梦浮于水中,成为精神的幻象。不是柏拉图秩序谨严的理念世界,而是脆弱而持久的浮躁堆叠与感情空缺。成都的秋天让人烦躁，金色的梧桐铺陈在景观水道两旁，建筑式样单调之极的计算机教学楼旁种着笔直高大的槟榔树——那或许是棕榈树。砌着灰色瓷砖的文科楼模仿古代建筑，但内部空间窄小，与灵魂的安身之地格格不入。一座像年糕般温软而无力的城市，让人察觉不出其核心存在。春熙路浮华无序得让人怀疑蜀文明的悠久。在此地待久了，总觉得分外无聊。就是如此的无聊，借以消遣的青春，时光痕迹，咖啡，教学楼，试卷，单车，回忆。真是诡异。

对衣服的兴趣一夜间消失，穿着来来去去几套衣服度过整个季节。教学楼一层买一杯热抹茶拿铁，大杯的抹茶拿铁喝起来清香而略微苦涩。通常二三十分钟喝完，整个杯子扔进垃圾桶。写着不知所以的文字，保守老旧的儒家典籍，艰深晦涩的黑格尔胡塞尔哲学，以及星期一晚上中文系写作课的张爱玲与郭沫若，那些反反复复的词句，走过的夜路。逐渐熟悉以后，觉得空虚乏力，让人想起重庆的晚上。迷宫一般的地形，两旁高楼林立，弯弯曲曲，人在街道间走来走去，摸不到出去的方向。学校里卖的一种深红色的大李子，一块多钱一个，酸涩清甜，还有七块钱一个的蜜柚，通常能够吃三天，有着厚重多汁的果肉。一箱一箱的橘子，皮不太好剥，味道十分一般。木木的，就像这无滋无味的生活。一个人去电影院看电影，出来的时候呼吸夜色里的寒风。去星巴克买一杯热美式咖啡，苦苦的不好喝，以为多少能感动别人，结果自己都感动不了。

不知道怎么就是十八岁的秋天，感觉现在多少岁都不要紧。活不出颜色，感觉寂寞无聊，对爱的欲求沧桑硬化，格式化的编程人生。像是计算机软件操作的考试题。千篇一律，各种点缀，过程机械化，内容也是无聊至极。

　　诗词中的秋天感受不到，十八岁感受不到，成都也感受不到。连同回忆与城市，夏日的旅行，厦门的海滩与海水。一个人的诉说与化解，也就是这样了。

六月

突然有一瞬我感觉到怅惘，闷热依旧的成都下起巨大的阵雨，整个屋子里黏湿燥热的气味经久不散。重庆的雨亦复如是，往往倾盆而下，狂风在楼群中呼啸着穿梭，吹得自己打的伞东倒西歪。我想念起巴岳山中那些平静而珍贵的日子，一个人牵着一条狗，进山漫步，徜徉许久，从早晨到日落，消磨掉整整一天的时间。尽管这样的机会极为稀少，在高中的繁重课业下，一个月能够有一天的休息就已经是很好的了。中午在山顶吃一碗面条，空气总是带着略显潮湿的清新。那条陪伴我的拉布拉多后来误食了鼠药，从此神经受损，任我如何抚摸呼唤，再也不记得我。而在之前，它曾是我最亲密的伙伴。我拿一根树枝探路，它以为我是要打它，便屡次咬住我手上的树枝要给我拉掉，我又去捡起来。直到它看见我用那树枝挡开了企图来伤害它的其他狗，它才明白我手上的武器只是为保护它而有的。吃饭的时候它钻在我的脚下，我用脚轻轻踩着它给它按摩。狗还是同一条狗，只是丧失了所有记忆。

三、寒山

如果记忆丧失,对它而言我就好像从没有出现过,陪伴它的时光在它的维度也不再拥有。就好像一个色盲患者,尽管看到的颜色与他人不同,但一切在他的眼中同样是真实存在的。曾经互相的温情对待,成为我一个人的怅然若失。外界存在与自我本心的纠缠,已经疲于去考量。

一到初夏头便会晕,在热气腾腾的寝室里面对着即将到来的雅思考试,看着一篇篇的试题突然感觉目眩与陌生,搞不清楚自己在干什么,置身何处。六月的来到让我想起高考,可是这又仿佛是好多年前的事情了。如果昨年的意外没有发生,我现在应该就在北大中文系的课堂里,变得比现在更加忙碌,接触到更多的国际资源与优良的学习环境。我会因为北大与政府学校的奖励有充足的金钱,不需要为自己饮食衣装与娱乐的开销而精打细算,我或许会在一个世俗标准里更高的位次上生存。可是,那样的话,我会比现在更快乐吗?我快乐吗,我疲倦吗?我不清楚自己高中的几年是抱着一种怎样的狂热,将伤痛隐藏起来,以突破一分又一分为目标,起早贪黑孜孜不倦,每天最后一个离开教室,晚上迟迟不肯入睡。我在高考完之后的几天是抱着怎样的解放与志忑的心情,最后在现实面前寂寂沉下。这些世界上惯常的衡量成功与幸福的标准,却让我发生了真切的动摇。物质是重要的,脱离了物质一个人无法取得基本的生存资料,没有办法在这个世界继续存在下去。可是与物质的密切交换,又能够为自己带来什么呢?大城市的娱乐与工作生活一样让人感觉乏力,电影歌厅酒吧与高热量食品的狂欢,最后给人带来的疲惫百倍于前。所需的不过是三餐的营养与淳朴、规律有序的生活,有富余,有闲暇,有肩膀能够依靠。春节的时候到朋友家去参加宴会，装修奢华的宅邸，独栋别墅，白石砌成，富丽堂皇的欧式装修却令人感到不适。紫红丝绒沙发，琳琅满目的天顶画，卷曲的枝形吊灯，帷幔，雕塑，却无法表达法式洛可可的精美与情意。更多的是一种对浮泛的美的堆砌与造作。香槟，红酒，小食，人群三三两两聚集交谈。

这不是属于我的生活环境，我却觉得这是一个人应该拥有的生活方式。难道一个人不应该拥有舒适合理的居住环境，不应该享受生活的悠闲与休憩的快乐，不应该有自己清洁自在的审美空间与精神享受吗？我对金钱从来缺乏概念，或许觉得自己的生活质量与之没有直接关系。可能毕业之后，挂着名牌大学的标签，我依然会甘愿在狭窄的出租屋里写着稿子，做着各式各样的工作，游荡在各个超市间寻找廉价的打折大米和面包节省生活开销。也许机缘巧合，新书大卖，找到一份有丰厚薪水的职业，与明亮清洁的艺术馆音乐会健身房相伴，将有机蔬果精美食品纳入冰箱。可是这于我的人生似乎关系都不大。我是弹性极大的人，能够穿着光鲜出入高档场所，就能够包容物质缺乏勤俭度日，不变的是心中对美的感触，对生命的追问与对感情的依托。周围的生活材料越来越迈向一种扭转不动的死水区域，无法摆脱在这样的学习模式下周围的枯燥和困乏。也许只是我的心日益发生了钝化。这种大学的教育模式究竟是否合理？一种良好成功的教育，是否应该教会年轻的生命如何探寻自身的价值，挖掘存在的意义，了解生而为人的喜怒哀乐，找到心灵的生存之道？栀子花在路边一簇簇地开了，燕子的羽翼划过炎热的天空。无论周围的一切如何，都应该努力地探寻求索。珍重所拥有的宝贵之物，不断地突破与开创崭新的局面。

我想念重庆的冬天那红彤彤的火锅的热气,简单的油碟和蒜泥,围绕着桌子大声说话,喧嚷交谈,勾肩搭背,一顿饭能够吃上好几个小时。每天早上在中学门口的汤包,蒸饺,南瓜稀饭,还有新开的包子店,每当来不及的时候买几个烧卖冲向学校。我喜欢的那种加冰的青柠檬汁,略微酸酸甜甜的感觉,装在硬壳的塑料杯里,漂浮着冰块。也许有些东西当时不觉得美,却在远离时渴望再有熟悉的味道。曾经执着于那么多的东西,让自己无所适从地撕扯自我。人到底成长了,不能够一辈子活在懵懵懂懂的青春期里。身体的伸展像新发的大树一样突飞猛进,几年前还是满脸童真叫服务员姐姐阿姨的年纪,一转眼自己也成了别人的舅舅和叔叔。没有人能永远十八岁,但永远有人正十八岁。其实何止是十八岁,每一岁,每一年,不都是这样么。所以,活在哪一岁,也可能都不亏吧。

现在回忆起小时候,不禁惘然。感觉每个人小时候都是那么的简单纯粹,直接自如,对世界充满了善意与好奇。那时候相信星星是死去的人的灵魂在天上陪着我,也相信花朵草木皆有精灵,面对每一个人都带着好奇与真切。每个人最开始都是这样,是什么让人一点点活得浑浊、疲惫,以至于面目可憎,让一批批孩子最终也成为其中的一分子?当新生命再次降临,剩下的便是惊喜与随之而来的无话可说。这不能不让人相信人性中恶的潜能一直存在并展现于世间,可是说到底,每个人的生存方式都只是生老病死,喜怒哀乐。所有的场所,只是人活动的区域而已。奢华的地方,贫困的角落,都不是阶层的象征与生命的代表,不过是一个个平常的人所穿行经历的地方,不过是物质活动的场域。它们需要建造、维护、消除,有各种各样的人来往完成,不过如此。

无端觉得困乏,怎么睡都睡不够。记得以前心情不好的时候,陷入沉沉的睡眠,忘记了进食,直到恍惚睁开眼睛,空气中弥漫着稀薄透明的阳光,不知道几时几刻,今夕何夕。读另一个人的故事,让人发现更多的无奈与哀伤,各人的确有各人的担子要扛,有自己的路要走。这让人心疼,让人思索。我们遇见的每一个人都只能在某个特定的时间场所出现,不会早一分,不会晚一分。无论这是有意的安排还是命运的骰子,我们要拥抱此刻走来的人,握紧这双曾在别处摸索穿梭,最后发现我们的手。

六月已经到来,夏天于我而言留下了太多的往事。但愿这个六月,心能自在,情能归属。人被浪潮推着前行,让属于彼此的前路自动浮现。勇敢向前,未来可期。

爱情

走在路上，总会无端想起爱情来。

是在什么样的时候。在夏日阳光剧烈的午后一个人坐在椅子上翻阅小说与哲学书时，在冬日的寒风刮起脸上觉察到寒冷时，在独自吃了晚饭在电影院坐到散场时。这种觉察不是因为我看到其他人的成双成对而反观到自己的形单影只——事实上城市中的很多爱情不过是聊胜于无。很多东西的外表不无美好，但餐厅、校园、街道、影院……种种公共场所成双入对的情侣中，真心相悦、彼此安好的有几对，貌合神离的又有多少？爱情的名是美好崇高的，可需要用心经营安定而观的爱情往往沦为欲望与激情的牺牲品。聊天、赞美、探索，喝的咖啡、读的书籍、看的电影，一切仿佛沦为机械链条上的程序。最终情侣变成一对互相分享身体的交易伙伴。彼此的匮乏、疑惑、残缺自以为能通过爱情得到解救，殊不知只是使它们暴露得更加充分——指责、埋怨、自私、贪婪、占有欲，这些逐渐在情感的甜蜜背后浮出，使之流于形式并发生质变的东西从一开始就作为种子埋下。年轻的时候往往希望从爱情中得到解救,以为遇到一个爱自己的人,自身便能通过这段感情发生质变,最后却往往发现这一切沦为一场自欺欺人的玩笑。哪怕那种纯洁温暖的人真实存在,他所趋的也一定是同样温和而有力的人,而非扮演一个救世主救人于水深火热。我们需要经过很多事才会懂得,将希望与自我寄托于爱情是不现实的。我们面对的爱人,哪怕身材样貌再完美,在世俗的标准下有多成功,也不过是一个平凡人而已。他有着内心的阴影与凡人的软弱,每个人最终都是不彻底的——你如何能指望他如神一般献出无私的爱让你在这段关系中发生质变。

可是速食爱情是世俗中天天都在发生的。尽管迅捷,却已丧失了人性的温暖与真实的质地。"一生只爱一个人"未必是爱情最好的呈现,然而对每一段感情,如果心事先不能安静,对自我不能从容,便无法像吃大餐一般安安静静等待每一道菜呈上,品味每一个过程的风味,无法像塑造一个瓷器般,慢慢地呈现它的胚胎形状,为它描上花纹,付出时间。问题的关键不在于爱情次数的多少,而在于对待每一段感情的态度与心境。如果没有这种心境,厮守终身的所谓崇高爱情很可能沦为一场戏谑——两人明明已经貌合神离,彼此指责攻击,一天天消损彼此的精力与时间,却从不反躬自省本身的起心动念、认知模式,被欲望和贪婪、不安全感和残缺感裹挟,觉得痛苦却不愿放手,要求一个已经完全和自己无法沟通的伴侣继续忠于自己——相同的折磨一样可以出现在现代婚姻中。年轻时的爱情幻想,最终重新沉沦于生活的庸俗平凡。有多少夫妻从此这样浑浑噩噩地得过且过——没有性爱,

三、寒山

没有激情，没有了对彼此的信任与寄托，只是作为一对因习惯和义务无法再分开的同居者存在。这种悲哀感甚于终身孤独——平庸与烦恼如蛆虫般啃噬了生命中一切美好的东西，人的生命失去了轻盈光亮的质地，失去了对美与爱的感知。我们的心识变得麻木、脆弱、昏沉、堕落——一个个人都是如此盲目地转圈，最终在不明所以的欢歌急锣歌舞升平中，迎来心灵的堕落。

爱情应该是打开自我的闸门——两个人情愿为对方付出、与对方生活。可是这种表象之下，人们实际携带的往往是自私与幻想——将对方视作解决自身问题的法宝和工具，彼此无止境地索取要求，埋怨斗争，容不得对方有半点不忠。这种爱情的结果必然与其初衷背道而驰——青春美貌在都市中遍地可拾，若要从功利的角度计算，这里的大批男男女女大都会讲讲美术，谈谈哲学，说说人生见解，故作姿态地曲意逢迎、尔虞我诈。这一切并没什么不同。在未认清自我的问题并发展出真实的深层关系前，你凭什么觉得自己无可取代？执着于对方的肉身和心智不愿放手，要求对方服从忠诚，只能够适得其反。人是不愿受控制的动物，长此以往，只会以爱之名激发彼此人性中的恶。

仅仅是明白，爱情应该是怎样。不要向对方索取，不弥补自身的匮乏而向外界讨要只会将自己变成一个无穷尽的黑洞，招致同类属性的人相互损伤。不执着于对方的肉体和精神，不强求对方给出自己想要的感情。路是自己在走，人生的伤痛与缺陷也只能首先由自己发现并修复。让自己慢慢认清世界的一切——看到人性的善良美好，同时明白人天生无法抹除的奸诈狡猾、彼此伤害，看到他们痛苦与盲目的根源。要想收获一个温暖而坚定的爱人，自己首先要变成这样的人。这需要智慧与慈悲，锋芒与善良。不要过分地执着于孤立的自我，要看到每个生命身上能给我们带来启发与帮助的光亮，将过往的痛苦与挫折化作自己在黑暗中摸索，向光明前进的道路。每每读《约伯记》，看到这一段，总是心有戚戚：

> 那时，你必仰起脸来，毫无斑点；
> 你也必坚固，无所惧怕。
> 你必忘记你的苦楚，
> 就是想起也如流过去的水一样。
> 你在世的日子要比正午更明，
> 虽有黑暗，仍像早晨。

我们要用多少时间，才能意识到，自己的黑暗与罪孽只能为自己所承担，也只能靠自己净化与成就。他人的帮助与爱恋若成为我们的救命稻草，最终只会让原本温柔的关系崩塌。世上没有偶像可以依靠，爱情也不应成为偶像。一切的偶像都是泥塑的偶像，转眼之间归于无有。当我们贪婪地索要性与爱时，从未认真反省过背后的动机与缘由是什么。固执这个无常的肉身，利己主义大行其道而淹没自我与他人的共生同在。我们如同蒙上眼的驴盲目地打转，却看不到那驱动我们陷入苦海的愚痴、嗔恚与贪婪。真正的爱情，必然发生在看清自我、认识真相的心灵之间。不要向爱人寻求拯救，不要苛责，不要卑躬屈膝，不要患得患失。人都在走自己的路，但是偶尔地，两个人在茫茫旅途中相遇了。有的相遇或许很短暂，如张爱玲那篇著名的散文《爱》中写的。女孩子年轻的时候穿着件白布衫，在风清月朗的春夜走到门外的桃花树下，隔壁的年轻人恰好也在那里。以前见过几面，可是从来没有说过话的。他看到她，说了一句"哦，你也在这里吗"。然后彼此无言，走开了，后来那女孩命途多舛，被拐卖，嫁了人，受苦一辈子。直到老了，她还记得那晚的月下，那棵桃树，那个年轻人。就是这样的相遇，没有占有，没有甜蜜，仅仅是一声简短的招呼，便开始也结束了一切。可是在女孩孤单的人生里，这瞬息的一刻就在一遍遍回味中成了永恒。又或许，两人能够并肩走上一段路，彼此有彼此的担子要扛，有彼此的目的地要奔赴。但不妨携手而行，在花好月圆的晚上共饮一杯，在春日葱郁的山坡共同登上顶峰，看看这个美丽而寂寥的人间。

　　当然，没有遭遇爱情的时候，心头总会有寂寥。渴望在寒冷的冬夜，走夜路返回公寓时，会有一双修长洁净的手握住我的手，会将我的手拉进他的衣兜里捂热；在春日花开的时候，会希望有一个穿着白衬衫的少年，在午后端来一杯热红茶对我微微含笑，发梢衣褶带着金橘和薄荷的清香。在回家的时候，看着那密密层层的高楼大厦，不会觉得空洞荒芜，而会感觉温暖。因为知道其中的一盏灯光，是爱人为等候自己而点亮。那微黄的亮光中，有着爱人等我回家的身影。如此，便也觉得这整个城市的绚烂灯火是由一颗颗有着朴素感情的心灵连成的浪潮——每一点亮光背后想必都有那温情脉脉流淌。当自己的心满起来，才能够发觉周围像自己一样美好——"物随心转，境由心造"，此言不虚。疲累的时候，希望有一个结实的肩膀依靠，或者枕在一双散发着阳光气味的大腿上，他的手指轻轻抚摸着我的头发，修长的指节间有香皂的淡淡清香。我了解通常的爱情是何质地——城市中有太多以爱情为名的交易、掠夺、控制、怨恨、贪婪、索要，因此有些东西还没开局就一眼望得到底，自然也无须为此浪费时间。能做的事只能是完善自我，在没遇到适合的另一半时就操持好自己的一方天地，尽量向着光明的地方去。堕落与颓废是有快感的，自我摧毁带来盲目的激情与兴奋。然而人的自伤最终只会使自己无法继续并伤害在乎自己的人。摔碎一个罐子是豪迈而容易的，而细心塑造一个罐子却需要温柔与耐心。唯愿自己成为一个温柔但不软弱，坚强但不冰冷，智慧但不尖刻的人。

只是有的时候，依旧会觉得寂寞。孤独已经成为我被迫接受的既定事实和自身属性，它化作了我筋骨血肉的一部分，我在呼吸之间感受着它带来的清凉。孤独是一种清凉的东西，在身心炽热的时候使人冷静自在，却在人寥落忧郁的时候显现出它冰霜般的寒冷，令人微微战栗。在这种时候，我会觉得寂寞。会渴望一具炽热温暖的身体和一颗火热充满感情的心灵。爱情原本是这样一种自足自明的存在，为何会随着年岁的增长一次次沉沦、失陷、分裂。最终每个人仍明了爱情是什么——却再不相信它会在现实发生。它成为每个人心头的海市蜃楼和秘密花园。自开自谢，它是见不得阳光的午夜昙花，不待天明自行萎谢。而当它的残骸出现，就是一些在太迟的时候才被想起来的爱情。

哪怕有了爱情，也大多不会完满，而是遗憾的吧。因此人在爱的时候，还是不要去强求什么结果吧。两个人赤裸坦诚地面对彼此，卸去伪装，这一刻在生命中就已经成为永恒。性可以作为单纯的生理欲望发泄，两个迷恋对方肉体的人可以不携带任何感情——灵与肉在这些时候可以分得如此之清晰。可是在真正的爱情中，伴随着衣衫脱落的，也许还有着精神上最后的面具和伪装吧。真正的坦诚相待，才是实在的温润美好。这一刻已不仅仅是人的真实，更是自然与天地最美好本真的一面。难怪孟子说："夫妇之际，人道之大伦也。"《雅歌》中那对相恋的青年男女所唱的歌真是毫无瑕疵，纯真美丽。同样是写性与爱，中国人的情绪却是更加缠绵悱恻，优美动人。我们的《诗经》中这样写：

绸缪束薪，三星在天。今夕何夕，见此良人？子兮子兮，如此良人何？

绸缪束刍，三星在隅。今夕何夕，见此邂逅？子兮子兮，如此邂逅何？

绸缪束楚，三星在户。今夕何夕，见此粲者？子兮子兮，如此粲者何？

新婚的夜晚，亲朋好友在门前束起了柴薪，祝福新婚夫妇的生活红红火火，两人如干柴烈火水乳交融。同龄的青年男女们围在洞房门前唱歌调笑："今夕何夕，见此良人？子兮子兮，如此良人何？"今天是什么好日子啊，我见到如此美丽动人的良人？你啊你啊，你要拿这个好人怎么办啊？性与爱的温暖朦胧，羞涩缠绵，一对新人之间的四目相对，各怀羞涩，那爱情中最深幽缠绵的一刻被记录下来，成为永恒。性最光洁温柔的面目只有通过爱情才能展开。其实这亦只是爱情的一个面向，或许终其一生，所得的不过是些余留的回忆。然而当我们的人生一遍遍遇到挫折，丧失希望时，那记忆的碎片就成了点亮心灵的温柔的光。比起席慕蓉脍炙人口的"青春是一本太仓促的书"，一直更喜欢她的另一首《青春》：

在四十五岁的夜里
忽然想起她年轻的眼睛
想起她十六岁时的那个夏日
从山坡上朝他缓缓走来
林外阳光眩目
而她衣裙如此洁白

还记得那满是茶树的丘陵
满是浮云的天空
还有那满耳的蝉声
在寂静的寂静的林中

这诗是安静的，却不是王维的"涧户寂无人，纷纷开且落"——那是无情而空寂的，而这首诗的安静却是因为爱情的充满而自然让心沉淀。真正的爱情必然不会将心搅成一潭浑水，而是像一颗明矾，投入心湖中便会使之静谧澄澈，沉淀出最久远的回忆。夏日炎炎，蝉声啼唱，那女孩洁白的衣裙在绚烂的阳光里似乎就成了永恒——一生也就这样过去了。而有的时候，或许我们连这样一个人也等不到。那么，我们就在永远地等待着。不知道会等多久，不知道会有谁来。但心里一直保留着这样一块敏感而温柔的地方，不会随着世俗阅历的增加而消铄，不会因为受到了伤害而退缩。也许永远都不会有人来，也许我们将永远这样等下去。可是，这种等待，就是爱情本身。

不再熟悉的北京

四月末尾，我回到阔别三年的北京。街道两旁的阔叶树仍高大青翠，春夜的北京空气干燥清凉，街道狭窄整洁，寻常住户在楼下遛狗散步。从机场到三里屯的路上，两旁滑过熟悉的风景，北京平坦的土地上高楼林立，灯火通明，行人三三两两穿梭于天桥街道间。我背着背包，提着行李袋，走向临近使馆区的民宿住宅。沿途各色餐厅密集排布，两个印度人在路边聊天。不知为何，回到这里，我再没有当年独自游览北京时的亲切和平静。这座坚固而冰冷的城市，这座粗糙生硬令人不适的城市。曾经自己很轻松就能换成北京口音，用市井语调和颐和园中乘凉的老太太老大爷唠嗑闲聊，可当我走下出租车迈进一家咖啡店，听到售货员生冷而具有侵略性的北方口音时，我胸口顿时一紧，一种强烈的寒冷与陌生袭上心头。原来时隔三年，自己已经不再适应北京的糙砺与大方，我想起成都的门店里阿姨家人一样亲切的普通话或温柔的成都方言，想起各个专卖店里的小姐甜柔的音调和幽默的态度。这一切属于南方城市的雅与柔原本是不知不觉的,可我在其中浸润太久,直到重返这座阔别三年的北方城市才骤然感到无以言喻的陌生与孤独。

  从房间的窗口远望,这座城市的天际线望不到尽头,玻璃楼阁鳞次栉比,闪烁星星点点的霓虹。夜空清朗高远,挂着半弯银白的月亮。这座城市中的人行走的步伐,说话的声音,街头巷尾散发的气味、灯光和质感,都让我感觉隔阂而疏远。曾几何时,我尚能在前门的大街上肆无忌惮地游走,一个人钻进深院小巷里和街头摊贩讨价还价;我尚能一个人背着包走遍大半个北京城,坐着地铁四处晃悠,在每一处残余古风雅韵的地方流连驻足,一逛就是一天。来到这座阔别二年的城市,昔日的亲切与怀念如风逝去,剩余的不过是惶惑和无所适从。各所大学古老的大门前站着执勤的保安,由于疫情原因外人无法进入,学生背着书包进进出出。我站在校门口的天桥边,春日阳光明媚而暴烈,想起当年离开时是将要入秋的时节,那一天下起冷雨,我拖着行李箱从东门出去坐地铁到机场。转眼数年,一切仿佛从未改变。回到三里屯的公寓,在春日的北京街头闲逛。清晨七点的三里屯已经洒满清洁的阳光,小径胡同铺设整齐的砖石,北方特有的高大槐树洒下浓荫细碎清凉。找到一家早早开门的咖啡店,买了网上推荐的美式早餐。有穿着休闲装的洋人坐在门外椅子上消磨时间。在中国的欧洲人多显得闲适,时间对他们而言异常的漫长。想起头天晚上去超级市场买盒装鲜切水果时,看到路边的洋人酒吧。满满一屋老外,扎着脏辫的黑人握着老式麦克风唱激烈的摇滚。身材丰满的白人女孩穿阿迪达斯的运动T恤和牛仔裤,在灯红酒绿中寻欢作乐。门外三三两两有人聚在一起抽烟聊天，这是夜晚十一点的北京街头，在三里屯的使馆街附近。

北京的这个区域显得萧爽清洁。高大青翠的行道树，风一吹过就发出沙沙响动，宛若头枕着荞麦壳枕头摩挲的声音，清香平静。想起自己居住的南方城市，街道两旁是低矮但秀丽的桂花树，生着饱满深绿的蜡质叶片，每到秋天开出一树树芬芳花朵，一下雨朵朵米粒大小的桂花便成团成簇坠落青石小径上，在雨水的浸泡下渗透清冷缠绵的香气。抑或是春天开在路边的樱花，让人怀疑这花朵的真实性。如此柔软娇媚而轰轰烈烈的花朵，几天工夫层层叠叠开满绿叶生长的枝丫，细软柔滑的花瓣宛若丝绸绢布，粉红洁白的花朵花瓣落了一地，这是温柔浪漫而决绝无情的花。这座北方城市没有花，却有一团团近乎透明的洁白柳絮随微风飘散空中，阳光洒落的石砖步道上本地老人互相搀扶出门散步。望京SOHO和太古里步行街陆续有穿着时髦的年轻人和西装革履的上班族进入，红砖墙的老房子在北方的艳阳中那般澄澈平静。这时我意识到，自己的过往与这座城市断裂后，它的某些质地才真正展开。言而总之，我不过是一个在此处无所事事的观察者。

换了两家咖啡馆喝咖啡，消磨时间等店铺开门。一家唱片店，出售各色老唱片，欧美形形色色的老歌，老上海的黑胶唱片，日本和港台的精致CD。挑的是邓丽君的复黑王和中孝介的纪念唱片。中孝介是最近喜欢上的日本歌手，这个日本男人有纤细而天真忧郁的眉眼，英挺的面部轮廓间垂下低沉阴影，短短胡茬密布性感的薄唇边缘和下巴。听着他婉转而带着凄厉的唱腔，我幻想这个日本男人英俊的鼻侧浮现出的法令纹和眼角拖延的纹路。是这样忧愁干净的男人。像傍晚凋落的荷,纯粹得只剩惆怅与损伤。很希望自己居住的城市街角有几家这样的唱片店,黑胶唱机里放爵士乐或 Blues,日本昭和的演歌、歌谣曲,从早到晚有三三两两的人进来挑选喜欢的唱片,晶莹漂亮的外壳和印刷工整的歌名。店中有闲适和安稳的味道。可惜电子时代人们只用手机听歌,CD唱机都已经成为历史。我的童年和少年是 CD 的鼎盛时期,那时家里的大人常常带我去音像店购买或租借各种各样的片子,美国的历史片科幻片,日本的电影和连续剧,还有各种各样的唱片。那时的音像店往往简陋,各种 CD 密密麻麻排布在架子上,店中有阴冷的空气。人们在门口取一个简易的塑料提篮,在一摞摞片子里挑选喜欢的试看试听。只有有情调的音像店才会有音乐、灯光和装饰,让人感到艺术与美。如今在春日的北京偶然撞见这样一家店,感慨这种店在当今似已成孤品。在我居住的成都,不知道有没有类似的唱片店。成都人一向精于享受,热爱生活,不知有多少人还会收集唱片或听一张 CD。每一张唱片中曲目与歌手都早已规定,人们无法像在网络上那样自由选择,但这也阻止了欲望的泛滥成灾。现在的音乐越做越肤浅,不能不说是个遗憾。

　　逐渐喜欢上三里屯,这个我初来乍到的陌生之地。街道旁的槐树和法国梧桐高大挺拔,枝干间清凉绿叶刷刷作响。北京天气好时阳光分外清朗干净,洒落在宽大洁净的道路上,两旁浓荫覆盖,星星点点的光斑洒落柏油马路。使馆街附近一众洋人神出鬼没。偶有骑自行车的欧洲妇人上街买菜,脸上带着笑容。大多数时候,他们在北京街头巷尾游手好闲,出没于东南亚餐厅、意大利酒吧、livehouse,抽烟、打牌、唱歌、谈情说爱。他们的身材两极分化严重，年轻的往往极为英俊，有着一张充满欲望的脸和一具性感的身体；其他的则非常肥胖，身材走样，体毛浓密，让人感觉不适。

三里屯有许多整洁的公寓楼，这里的人有着见惯大浪的包容与自足生活的平稳，无论看到怎样的年轻人都泰然自若。我无所事事在北京阳光明媚的上午和下午游走街头，披挂着珍珠项链和破铜烂铁，戴一副庞大墨镜遮挡阳光。北京的小巷院落极为丰富，隐藏在高楼马路背后。有学生三三两两穿着蓝白相间的宽大校服上学放学，脸上有这个城市特有的骄傲。北京男人不比川渝男子修长清秀，也不如他们会打扮装饰，往往显得粗糙。但北京男人中出类拔萃者往往有着极具男人味的英挺面颊，高高的眉骨和水晶般剔透坚硬的眼神。穿着打扮洁净而不花哨，显出一股沉静的修养与贵气。这样的男人代表了北方的性感、暴戾与柔情。这座古都毕竟有所积淀，到雍和宫散步的时候，宫门口的长路同样浓荫匝地，殿宇华丽庄严，外面的街道是古朴的老北京风格，院落门楣甚是优雅而充满格调。寺院内的庙宇铺设华美而不庸俗的琉璃黄瓦，佛像姿态优雅神情自在，绿度母白度母唐卡和景泰蓝供瓶均是清代原物，孔雀蓝松石绿因年深月久而剥蚀暗淡。北京常有这样的街道，放眼望去没有层层叠叠的高楼，四合院构成的街道胡同干燥清爽，眼光明净。只有在南方生活久的人，才会喜爱北京清凉干燥的空气。有一年春天在江南看花，拙政园随园的樱花李花美丽至极，长亭短榭重叠错落，曲径通幽。但江南的空气中水汽弥漫，呼吸之间全身黏稠湿润，在夜色弥漫的桐花小径中走上一刻钟身上便渗出薄汗。抑或是更加湿润的重庆与成都，冬季四川盆地阴冷潮湿，寒气彻骨；春日清晨窗外总飘着迷蒙的雾，叶片花蕊上结了密层层的露水。北方人大抵对"薤上露，何易晞"的乐府古诗缺乏实际体会，而南方终年氤氲的水雾却在每个清晨孕育花上露水的一瞬芳泽，令人心怀感伤。而北京的空气是这般洁净干爽，像是刚刚晾晒好的白布衫，阳光早上五六点就洒满城市的楼阁街道，路旁的花朵和树木都明净大方。喜欢在这样空气清凉的北方早晨穿着宽大的牛仔裤和棉布衫，在北京停着三轮和推车的小胡同里散步，走累了找一家早早开门的咖啡店点现磨的拿铁咖啡和新鲜的面包水果。吃完饭气温逐渐升高，阳光剧烈，三里屯的高大行道树间有一片片古朴陈旧的红砖楼，居民三三两两错落其中。悠闲的老年人在楼下长椅上聚集聊天，红砖墙面看得清一块块细长而古旧的砖块。院落内堆积各色杂物，花坛中稀稀落落种着蔬菜和绿化植被。时间在这里漫长地拖延，大风吹过楼群传来旷野般的回音。

　　三里屯是这样大方而自如。良好品位与整洁街衢似是寻常事，为这里的居民坦然接受。使馆区附近街道狭窄洁净，树木密密层层清香阴凉，砖铺人行道上停着数辆单车。这片区域有北京最精致古朴的各色西餐厅，沿路边排开。意大利、法国餐厅门口的木花坛内种有热烈喷香的花朵，门口是棕白条纹的遮阳伞和喝咖啡的大木桌。旁边紧挨一家希腊餐厅，门外的露天座总会很快定满，点着颜色纯净的香薰白蜡烛，一堆时髦的年轻人聚集在这里吃饭聊天谈情说爱。店面只有深蓝纯白两色装修，异常古朴清爽，店中摆着苏格拉底、赫西俄德的素描像和希腊文摘抄的牛皮手稿，摆着青铜雕塑，店内有铺着雪白桌布的干净桌子和高背木椅。挑选自己喜欢的位置坐下，服务生的衣服是同样的深蓝色。希腊人和我国藏族人一样，都喜欢炽烈纯净的颜色。柠檬黄、深蓝、纯白、松石绿。喝大玻璃杯中的柠檬水，点鹅卵石烤拼盘，坚果酸奶，奶油蘑菇汤和鹰嘴豆泥卷饼。希腊的食物不添加太多佐料，有食材本身浓郁而纯朴的滋味。冰冻手工酸奶拌上山核桃仁与蜂蜜，铁板中加入鹅卵石烤鸡腿、羊排和猪肉，佐以土豆和香草。都是很简单的烹饪方式，只加入盐、辣椒粉和橄榄油，保留食材风味。是这般美味的菜肴。将摆上桌的食物一一扫尽，吃得那般酣畅淋漓。北方清凉的晚风灌进屋内，欢声笑语开始响动，却有节制地点到而止。走出屋外，棕色皮肤的阿拉伯人在遮阳伞下抽烟，一对恋人安静地从对面走过。这是一个有节制有涵养的地方，却能产生自得其乐的氛围。

三里屯的很多地方已不再如此安静。往公路对面的小路走十几分钟，是灯火辉煌的太古里商圈。北京的春日夜晚还是很招人喜欢，热浪退得很快，空气中有萧爽的清凉。千奇百怪的玻璃楼阁华灯初上，购物街上人头攒动，酒吧街灯火通明霓虹闪耀。走进一家从未听过的香水店，试了两种香水，乌龙茶香和柠檬雪松的味道。服务生接待冷淡没有客套。买CD的时候似乎也是如此。北京的服务业质量明显不如成都。在成都远洋太古里闲逛时，香水店化妆品店服装店的店员总会殷勤地保持一定距离跟在身边，柔声细语介绍产品。若有感兴趣的款型，会耐心地将产品一一列出让人试用挑选。哪怕顾客再多，氛围也会让人感到闲适而亲切。北京的服务显得生硬而冷淡，这里的顾客似乎也没有挑挑拣拣的闲情逸致，总是打仗一般迅速搜刮商品一哄而散。逛一家日本品牌 United Tokyo，让人感觉失望。在东京逛这家店的时候，穿着白衬衫的服务生总是很温和地微笑着鞠躬，不厌其烦为顾客挑选款型换鞋试穿。哪怕最后一件衣服也没有买，店员仍会在门口鞠躬目送顾客离去。在北京逛街让人感到势利、局促，失去亲和放松的氛围。华丽的太古里像一个摩登时代的斗兽场。最终决定去旁边的超市买柳橙和酸奶，离开这个人声喧嚷的地方。

这片区域真正的迷人之处，是它的从容不迫和未曾弃绝的好品位。北京是极有人情味又充满包容的城市。舒适精美的小餐厅数百米外便是卖烧饼杂货的小摊，廉价的原料和粗糙的制作绝对不会美味健康，但生意同样很好。大批来到北京打工的工人、农民，穿着看不出年代的休闲服和工装，脸上有淳朴知足的微笑，在这些城市的角落休憩然后起身离开。在阳光明媚的下午骑单车从树荫下走过，身心清朗。房屋大多不高，红砖公寓仅四五层，让人想起上海的弄堂，同样有高度限制。比起北京的国贸区，我更喜欢这种地方。去国贸大厦办事情，从地铁口走出，迎面撞来数栋高耸入云的大楼，在阳光下晶莹炫目。一楼和地下是巨大的商场，上层是租金昂贵的写字楼。约好的朋友接我进去，穿着工作套装，顺便出来拿外卖。我到的时候已经过了下午两点，她忙碌到这时都没能吃饭。门口桌子上放着一堆大大小小的外卖包装盒，我看着这空旷的大理石大厅中穿梭的人流，想着这般辛苦工作却连生活的正常秩序都不能确保。上到二十三楼，我们喝水聊天，她有事情要处理，让我等她片刻。工作间中用巨大铜瓶插着数十支洁白的百合花，散发浓郁清香，室内的空调温度适宜。我走到落地玻璃窗前，窗外是北京宽阔的大马路，车流在阳光下相续不断，北京电视塔和中国尊大楼在路的另一侧宏伟壮丽，光彩熠熠。这样的场景是很多国际一线都市的风貌，纽约的曼哈顿，上海的陆家嘴，东京的银座，巴黎的拉德芳斯，宽阔的大路，来往的车流，鳞次栉比的玻璃森林。可我凝望这宽阔浩大的商业区，总感觉分外虚无，这钢筋水泥的巨大框架中徘徊着的灵魂是忙碌而寂寞的，它就像海市蜃楼缥缈无力，嗅不到人气与爱情。华丽明亮的灯光触感冰冷。我不喜欢这里，办完事情随即告辞。

数站外的雍和宫、三里屯、亚运村都不是这番模样。它们整洁清爽，却充满烟火气息。我喜欢这种世俗而有格调的地方，喜欢看到人们脸上淡然知足的笑容，喜欢街头巷尾的真实气味，喜欢看到形形色色出没世间的人。我曾经在北京生活过，离开后再次短暂回来数日，它变得陌生，可在这种时候我才发现它的很多可爱之处。我尚有许多事情要做，不敢久留，处理完事情的第二天下午便飞回成都，不巧赶上飞机晚点。记得几年前，自己多次来到这个机场，来来往往，却从没有一个人如此悠闲地打量过它。但我越观察，越觉出一种苍凉意味。这里并不是终点，这里的所有人都在来来去去奔赴他方，这是一处无人驻足的中转站。空港真是世界上最哀愁的地方了。仿佛不属于北京，不属于中国，也不属于世界任何一个地方。它是一个同飞机一起漂浮悬空的存在。所有的空港都是别离的序曲，而我们都不知道归来的日期。然后你闭上双眼，飞机启程。

四、如来

华枝春满,天心月圆。
问余何适,廓尔忘言。

文殊院

> 心如工画师,能画诸世间。
> 五蕴悉丛生,无法而不造。
>
> ——《大方广佛华严经》

人在陌生的城市总是孤独。每年春节或重大的农历节日,或是心中疼痛迷茫,莫名难过的时候,我会去文殊院。

每次总会看到很多像我一样进寺礼拜进香的年轻人。原本已对传统的承继失望,以为这样的活动只会有经历世事的老人与成家立业的中年一辈参与,却不料看到了诸多如我一般的年轻面孔。他们神情敬重安静,在初春尚冰冷的湿润空气中静默走动,行礼叩首的姿势端正妥帖。青瓦飞檐下的陶土大盆中栽种着初开的红梅花,无人攀折。人们静静走过。

这座寺庙,陪伴成都一千多年。寺庙修建之时,正是这座城最美丽兴盛的时节。中原与江南的文人墨客,不顾蜀道的艰险曲折,怀揣着渴望的心进入天府之国一探究竟。那时的成都着实很美,"柳色未饶秦地绿,花光不减上阳红",车水马龙的繁忙街巷间,桃红柳绿,草长莺飞,人间烟火与自然春色融合得这般甜美自然。都江堰拱卫下的肥沃平原源源不断为生长在这里的人民输送着优质的稻麦、瓜果与菜蔬,物产丰饶的土地滋养出一群对现世物质生活极具享乐心得的人。竹椅上悠闲的盖碗茶,街头巷尾的麻将桌上甜丝丝的嬉笑怒骂与清脆的麻将声,令世界各地的游人目不暇接的琳琅美食,从一千多年前的唐朝延续至今。那时筑起的文殊寺院,带着盛世的笙歌与庄严的平静。这座当时尚在城市边缘,日夜晨钟暮鼓的佛寺,既是不断滋养中国文化的佛学圣地,也是千百万成都人民一年四季祈祷吉祥安宁,获得内心归宿的处所。那些已然走散于古老书页中的节日,上元,中秋,清明,除夕,像一场场人间盛会。花灯与丝竹充盈各个角落,悠扬婉转的川剧唱腔从闹市传来。善男信女们进寺祈福,身着黄色僧衣的和尚平静淡然地看着这轮回于因缘际会里的众生,为他们默默祷告。小市民们的愿望往往是朴素的。能够与心爱的人长相厮守,家中长辈能够健康,自己的生活能够顺心如意。众生的心地浮现出种种温情脉脉的善意,而端坐殿中的大佛神情安详,目空一切又包含着无尽的慈悲。

　　成都没有能够一直这样安稳。尽管曾逃过五胡乱华的灾劫,安史之乱的烽烟,但它最终无法在英国的炮火轰开摇摇欲坠的国门那一刻独善其身。也许它从未经受过如此动荡的历史,昔日古色古香的街坊不见了,那些加工着精致蜀绣的作坊与整日回荡着织机的咿呀声的工场仿若人间蒸发,街道上从容自如的人群再无踪迹。工厂漆黑的烟雾一团团升起了,机器的轰鸣响起了,银行与政府前凌乱嘈杂的脚步亦是多了。一心想着前进与革新的人,将昔日的静谧当作陈腐与封建而弃之不顾,却早已遗忘内心对生命的信念。无有实质的谋生工具,成了人们尊奉的假神。成都那写着"成都府"三个大字的城门在兴兴轰轰的动荡中不安地伫立着。紧接着国家卷入了战火,战斗机的尖锐鸣叫每每在空中划过,炸弹轰鸣中飞溅的废墟震荡着人们的神经。而在这时,文殊院的晨钟暮鼓依然从容不迫地响起,寺庙中的炊烟照旧升起,林间翠竹与池塘荷花仍然井井有条地生长而起。尽管寺庙中多了受伤的士兵与无家可归的人,僧人们依然安静地操持着每天的生活。人们在这平静的庙宇前,回想着沿途的疮痍与战火,自然会感应到人心的无明与愚痴会催生怎样可怕的贪婪与嗔恚,为众生带来源源不断的苦难。大千世界显示着它的无常,而了知一切都无法永恒不变之后,人心自然便能不执着于昔日,而是在苦难中更好地前行。经营自己的生活之时,也最终净化自己的心灵。

  战争结束,人们陷入革命与建设的狂欢。一些人偏执地认为越是未来的东西越是好的,企图打断与传统的一切联系。在发现越是驱逐过去,过去越是无孔不入之时便陷入反理性的癫狂。孔庙的琅琅书声不见了,剩下了一堆燃烧的废墟;武侯祠的安宁消失了,孔明睿智的眼睛寻不到方向。然而文殊院依旧平静地维持着它的气度。寺院的楼阁被砸毁也罢,经书与法器被烧毁也罢,住持与法师们自知无力阻拦这场疯狂的闹剧,但晓得这不过是人们不明了真相,被自我的执着与过往的业力所牢牢束缚。他们的生命在燃烧,他们对寺院的仇恨怒火,实际上不过是他们内心疼痛的外现。因此，道行高深的僧人们只是明了自己并不是神，佛亦与我们一样，是一个平常普通的人。只是佛从生老病死的梦中苏醒，而我们仍然在迷梦里寻找方向。所以尽管整个城市成为修罗场，残垣断壁间，文殊院依然以毫无私心的广大慈悲，为这座数千年历史的城市护佑祈祷，唯愿吉祥、安乐常伴。

而一切亦遵循着成住坏空的不二真理，文殊院历经重修，又恢复了它昔日的草木葱茏，经声佛号。而红墙的外面，却已是日新月异。崭新的高楼拔地而起，春熙路的霓虹灯火与太古里的色声香味伴随着日渐拥挤的车流将越来越多俗世的声音传入寂静的禅堂。生活在这座城中的人依然对生活极尽享受之能事，火锅冒菜的麻辣鲜香与舞池会所的歌舞飘扬也再次活跃起来。只是在这样的一个时代，城市中流淌的某些东西缺失了。家族和睦的彬彬有礼少了，人的生活中悠闲自在的从容丢了，街道上的人神色匆匆，高楼大厦里多了无数疲惫的身影。就连一向安稳的文殊院中，修行不足的小僧人也一度产生了对金钱与名利的贪心，变味的香火亦一度被四面八方口诛笔伐。只是，心如工画师，能画诸世间。清净不在外求，而缘自心。那些有智慧的老人，始终教导着年轻的一辈。繁华的世间有产生，便会有熄灭。成长与繁荣的兴旺固然美好，值得享受，但世间一切有为法都如梦幻泡影，无论是顺境抑或逆境，和平抑或动乱，终究都会像鲜花一样在绽放之后凋零。所以不要执着于如瀑流转的外境，而要让自己的心始终在无所执着的宁静里升起对众生苦难的悲悯。时代会迁移变化，当这座城市中的人在某个深夜感到自己的心跳再不似以往从容，当城市化的巨浪中越来越多孤独的人间旅客无所适从时，曾经被抛弃的文明又被重新拾起。大学生的书桌，白领的床头，老人的膝上，重新有了佛的语句，孔子的箴言，有了魏晋的辞赋风流，唐宋的诗歌吟唱，有了一切曾经迷失在时空长河中的美好之物。寺庙在越发繁荣的成都城中，却仿佛一杯芬芳的茶水，逐渐恢复了昔日的安详。而文殊院里的法师说的是，心净则国土净，你心中无事，便无事可扰你安宁。

而我依然年年前往这方城市中的佛土。以往拜佛，只为求得心中所愿，生活安宁。而今每当五毒攻心，叩首礼拜的瞬间看到的却是自己的心灵潜在的那份不染尘埃的模样。是啊，佛本在自心，不从外求。自心洞明慈爱，则无处不是佛土。可在这座延续千年的城中，在这茫茫的国度与尘世里，能够寻到这真谛的又有几人？所以，人们需要在灯红酒绿的都市里，始终有着这么一处地方，存留着彼岸的寄托与心灵的火光，让人们在迷茫痛苦的时刻得到智慧的启迪与心灵的慰藉。发达的物质世界与科学教育让人在已然现代化的成都城寻得生存的位置，而千年来绵延不断的文殊香火，则教会人们如何了达生死的真实，明了生命的安乐。它不像西方的教堂一般，每周定时严谨地迎来礼拜弥撒的信徒。它更像一位大隐隐于市的母亲，洞明世事，又饱含着对来往人流庄严的慈悲，为来到此处的人施予平静。同时，又默默暗示：不是我净，而是你自心清净。

对于一处寺院而言，或许一座城千年变迁的荣光与灾劫，都只不过是宇宙弹指刹那间的一瞬呼吸而已。成都绵延数千年的文明岁月，那些在四季轮转里，在寺院的香火与门槛间进进出出，已然转换了无数世色身与面目的轮回中的人，或许在得道者看来，与寺院阶前那转瞬即逝的叶上露珠折射出的阳光没有任何分别。但或许,一座寺院又只能深深扎根于这片哺育它的土壤,在因缘聚合中与这片叫成都的土地越缠越紧。于是庙前的坝子里,总会在周末的阳光中出现喝茶谈天的老人,嬉戏游玩的孩子;寺院的餐厅里,僧人与游客们不分彼此,分享着继承了成都美食传统的素餐;师傅的禅房里,不知何处来的白发老人正与之下棋,对战正酣。寺庙在人间烟火中安详存在,既然烦恼即菩提,那么当下悟了,此处的一言一行自然也就是利乐有情的净土。缘起性空,因为众缘的汇聚,所以有了这座居于四川盆地中面目变迁,却存在至今的繁华城市,有了它精于享乐,欣于安宁的人民;因为一切起落背后是不变的安详与自然,所以盛世乱世中皆有佛门的香火守候着一隅的寂静。文殊菩萨,文殊为智慧通达,菩萨以慈悲为怀,像极了这座城市的气质。而城市的不安,亦有了精神的居所。

  如今,二环路天光微明的空旷大街间,红墙内的钟声照常响起。仿佛什么都未曾发生过。与千年前同样的,伴着唐时风,宋时雨,小和尚在清晨推开大门,竹枝扫帚扫过殿堂的台阶。

诗心

中午与一位许久未见的好友吃饭。言谈之间却感到彼此日渐疏远——不是由于时空的距离让我们不再熟悉,在与另一些友人相会时,哪怕时隔数年,再见依然如同昨日才见般。曾经我们是学校酷爱写作的两个人,每每发出校刊我的和他的文章总是最好的,大家争先阅读,我们也喜欢彼此的作品,相互切磋。时日过去,我和他的精神世界终究变得不同。尽管仍然喜欢文学,可随着阅历的增加和思考的深入,世界观逐渐清晰地浮现出来——一些我们愿意花一辈子坚守的信仰,令彼此无法再相互理解——或者说,能够理解,却难以再通畅地发生共情。曾经以为为了维护一段珍重的情感或关系什么都可以牺牲。直到后来才慢慢明白,有些事情是强求不得的。人不可能理解每一个人,有些人的生命可以像两道水相汇合,直到最后归入大海;有些人的生命却只能像两道暂聚的流水,最终流向不同的方向。

当谈到诗的时候,他激昂地谈起波德莱尔《恶之花》的重要性——大抵深受西方诗歌影响的人总是如此。我没有贬低西方那些特立独行的诗人的意思,事实上我自己当年也感到过那种诗人的迷狂,那种为了艺术的信仰可以不顾现实高高跃起的快活。可是,难道真的如他们所说的,真善美可以分开么?难道真就属于科学,善就属于伦理,美才是文学的宗旨和归处么?我看未必。

诗是什么?这或许本无法用语言给出框定或说明。只能有两种形式——一是从反面说明它"不是什么",让读诗之人去反向知觉其"是什么";或者将语言论述作为引导的途径而非标准的裁判,帮助我们进入诗中。这样一想,比起西洋人的"诗歌是高级的语言艺术"之类的断语,我果然还是更喜欢《毛诗序》中对诗歌的阐发:

> 诗者,志之所之也。在心为志,发言为诗。情动于中而形于言,言之不足故咏歌之,咏歌之不足故嗟叹之,嗟叹之不足故手之舞之,足之蹈之也。

诗是什么呢?诗是不容"科学"与"理性"的,它不是用来下定义解析说明的。它只能被呈现,被导向,被成全,而不能被说明,被了解,被规定。中国人的情调总是那么亲切温厚,原来诗就是心志人情的所往之处,人心为物事人情所感触,一念心动,便涌起了纯粹美好的感动与情怀,这不得不以各种方式表达出、传递出的生命律动通过言语发出就成了诗。既然是感动,光说和写自然不够,还得歌唱出这情与美的音符。所谓"诗歌",一开始就是以这样温润淳朴的方式开端的。在那白雾迷蒙中看到了溪边浣衣的少女或打鱼的青年,怀春少年一唱便是"蒹葭苍苍,白露为霜";盛夏的梅子树下,等着心上人来求婚送礼急不可耐的女孩一急便是一曲"求我庶士,迨其今兮"。诗原本是以人整个的生命与情怀做底子的,它是这完整的感动与生机的成全与表现,是人与人共通的那份从远古洪荒起便息息相关的情绪。大抵全世界最早的情诗之一《候人歌》这样唱道:"候人兮猗"——我在等着你啊!一连两个叹词,一声远古的呼唤翻山越岭而来。相传这歌是大禹的妻子涂山氏在等待大禹治水回家时所写,不过我更情愿相信,这不过就是平民百姓的一首歌谣,碰巧被路经的采风官听到。大抵是春耕劳作或秋日收割的时节,男子在山下的田间地头忙到很晚,女子眼看自家男人还没回家,思念之情与调侃之意发之于心,便远远地站在山头高呼一声:"等着你呢!"知书识礼的采风官心头一动,被这女子的赤诚与真意所打动,用那古老的甲骨文在携带的龟板上刻下了四个小小的符号,从此,这声远古的呼喊一遍遍召唤着我们,引领着我们,告诉我们诗是什么。

爱人之间的思恋,从这一声呼唤起,一遍遍扩展着它的情怀与感慨——"佳期期未归,望望下鸣机。徘徊东陌上,月出行人稀。"爱人说好了在这个时候回来,可是时间已经到了,他还是没有回家。我一遍遍从窗口眺望,最终连布也无心再织,索性走下织机到屋外去候着。等啊,等啊,我在阡陌间辗转徘徊,太阳落下,月亮升起——街上的行人渐渐少了,大家都回到家里与亲人团聚了,只有我还孤独地在月光下等着良人归来。那声长唤被拓展为月下的辗转徘徊,人生的愁化作了动人的美——背后的根据唯是那心底最真最纯的情感与生命。接下来,又有温庭筠的《望江南》,他道是:"梳洗罢,独倚望江楼。过尽千帆皆不是,斜晖脉脉水悠悠，肠断白蘋洲。"那等待的女子形象越来越清晰，她的行为与心理触发了越来越多真挚的情意——大抵一首美好的诗歌只是将这样的情意以最细致与可感的方式表达罢了。清晨我梳洗完毕，站在望江楼前，等着我远行的丈夫回家。我还认得他的船，认得那船上的标志，认得那折了一半的桅杆——我等啊，等啊，从清晨盼到黄昏，千帆过尽，还是没看到丈夫的船。斜阳西下，暮光在水中悠悠荡漾，天地间只剩那个肠断的女子。自一声远古的呼唤，到"斜晖脉脉水悠悠"，诗的心地与情怀就是这样动人——它很美，但绝不是为美而美，它动摇着、唤醒着人的生命，而不是故意摧毁人的生命，让人在孤立的美中放浪形骸。当然，这等待的女子总会有不愿再等的一天。神女峰的凝望也总会在新的反省与追逐中崩裂：

金光菊与女贞子的洪流
正煽动着新的背叛
与其在悬崖上展览千年
不如在爱人肩头痛哭一晚

我不等了。既然等不到，那就去寻找新的爱情吧。我是人，我需要爱，我渴望爱人清晨的拥吻和黄昏饭后的长街——既然要等的人永远不会回来，那么，就让我去寻找属于自己的情爱与自由吧。几千年来这等待的女子辗转变化，这样的诗带来的是生命的成全与净化——也许现实是不完满的，但这样的苦痛与忧伤在诗中成全了它的完满，我们原本一无是处的人生在诗的呼唤下化茧成蝶，绽放出了美丽的光辉。既然自己知道了人情世故，便对所有人的苦痛与欢喜都感同身受。当中国诗人不再流连于山水花竹，将悲悯的心与炽热的眼对准人间的苦难与罪恶时，他们写出的诗是这样的：

车辚辚，马萧萧，行人弓箭各在腰。
耶娘妻子走相送，尘埃不见咸阳桥。
牵衣顿足拦道哭，哭声直上干云霄。

战争为君王带来的或许是荣耀，给平凡的百姓带来的却只有妻离子散，一生悲苦。丈夫或儿子一旦出征，可能再也不会返还，自己一生的挚爱就将与自己阴阳两隔。眼看爱人要走了，儿子要走了，车马尘埃中老小妻儿牵着男子的衣服放声悲哭——这惨痛的景象背后，诗人心里没有嘲弄，没有冷漠，没有不知所以然的"直观感觉"，只有人性的温厚与同情。当西方所谓"现代艺术家"冷漠地描写城市中的乞丐与穷人，当他们无谓地用颓废与"直观"的视角去将这些苦难作为材料拼成一篇不知所云的诗——他们固然可以号召艺术是为了美而不是伦理，但这两者本不应该被这样分划或认识——他们背后完整的生命被割开了。人区别于动物的本能便是恻隐与良知。这从远古的本能中点亮的良知与温情，在中国的诗歌中逐渐成为烛照生命、温暖世界的火光。波德莱尔（或许）能够不带怜悯地描绘那些噩梦中的青年、病痛中的人群、冰冷而悲伤的城市，而中国的诗人却不能。杜甫在搬走时，还不忘邻居家那年迈的老妇，因为贫穷不得已到自家的枣树来打枣果腹，于是特地给房屋的新主写信——"堂前扑枣任西邻，无食无儿一妇人。不为穷困宁由此，只缘恐惧转需亲"。"温柔敦厚，诗教也"，在这样的诗歌中，我们能清楚感到仁义良知不是高悬的旗帜、冰冷的准则，而是恻隐之心温暖的光芒，它滋养着我们温厚慈悲的人情——那传达出的字句是一刀刀刻出的悲悯、酸痛与不甘。

曾经听闻友人说北岛的诗像波德莱尔，因为他们都善于使用一般诗人所排斥的苦与丑的意象——这固然不错，但他们把这些意象使用起来做什么才是更根本的问题。波德莱尔那刻薄的语气，畸形的排布，固然营造出一种浪荡子般的叛逆者形象——这可以是一种诗人，但这绝不是诗人本身。没有悲悯的苦，属于禽兽而不属于人，因此是没有意义的。当北岛写道：

> 我，站在这里
> 代替另一个被杀害的人
> 为了每当太阳升起
> 让沉重的影子象道路
> 穿过整个国土
> 悲哀的雾
> 覆盖着补丁般错落的屋顶
> 在房子与房子之间
> 烟囱喷吐着灰烬般的人群
> 温暖从明亮的树梢吹散
> 逗留在贫困的烟头上
> 一只只疲倦的手中

| 潮汐录 |

升起低沉的乌云

他亦不想谈什么政治——与其说它们像波德莱尔那些从黑暗中裂变的诗歌，倒不如说其精神是"但愿苍生俱饱暖，不辞辛苦出山林"。尽管汉语的形式已完全变化，但这慈悲与仁爱的诗心从未在中华大地间断。这就是"诗心"，这诗心无畏一切。它亦是"直观"的，是超越一切虚假的繁荣而抵达人的真实的——这真实包罗着识遍人情世故、阅尽天地沧桑之后那份最有力而诚恳的爱与良知，善与感动。为了坚守住这份对人的同情，这心能冲破一切虚假偶像。当舒婷写——

它是无数拥抱，
无数泣别，
无数悲喜中，
被抛弃的最崇高的诗节；
它是无数雾晨，
无数雨夜，
无数年代里
被遗忘的最和谐的音乐。

撒出去——
失败者的心头血，
矗起来——
胜利者的纪念碑。

| 四、如来 |

它目睹了血腥的光荣,
它记载了伟大的罪孽。

它是这样伟大,
它的花纹,它的色彩,
包罗了广渺的宇宙,
概括了浩瀚的世界;
它是这样渺小,如我的诗行一样素洁,
风凄厉地鞭打我,
终不能把它从我的手心夺回。

  我们终将明白——是的,诗不是人类生存所必需,但诗背后的良知与真情,生命与触动却是人生的根本。诗人很渺小,他们无法用诗歌建功立业,翻天覆地——但这颗美好的诗心是一切世代最真切的见证,是一切情感最忠实的画师。它阅尽人世沧桑,却依然对生活充满温柔希望,对苦难包含怜悯恩慈。《约翰福音》中,耶稣在临终前对门徒说——"我赐给你们一条新命令,乃是叫你们彼此相爱"。中国的儒门有着类似的表达:"已识乾坤大,犹怜草木青"——包罗乾坤的浩瀚深邃,悲天悯人的细腻多情,这大抵就是诗心最纯粹的奥秘所在吧。
  在当下的时代,人们对诗人的印象已经变成了放浪形骸,游离社会,想入非非——这绝非群众之过错,而是片面追求自由与美的人走偏了路,让诗最本真与诚恳的根据丧失了。诗人固然可以如一批后现代主义者放浪形骸,但我们也需记得——诗人的形象,还有杜甫的仁爱温情,有王维的宁静美好,有韦庄的多情婉丽,有中华数千年来从人性的河流中流淌下的真心与诗魂。我们不是一个仅仅会颓废放荡,无所作为的民族。我们有着"珍重青松好依托,直从平地起千寻"的追求,我们有着"海上生明月,天涯共此时"的温柔,我们有着"安得广厦千万间,大庇天下寒士俱欢颜"的仁爱温情——我们有着原原本本的属于人的世界与生命。这或许才是文学的归旨,才是一个民族最本真的诗心。

| 四、如来 |

Flourishing and Disappearing

薤上露,何易晞。露晞明朝更复落,人死一去何时归。

——《汉乐府·薤露》

给文章起了一个英文名。原本也想过一个中文名,荣枯。欣欣向荣的生长勃发,与静谧而迟暮的衰变枯落,原本是用来形容植物的词语,逐渐发展为形容一切有着成住坏空,因果循环的事物,是中文变幻莫测的奥妙与灵性所在。相比之下,英文总是显得简单,生硬,缺乏汉语几千年积淀下来的丰富多姿与瑰丽华美,缺乏那种周旋有度,大俗大雅的气概。但它胜在简明直接,层层深入,以理性的光芒照亮精神世界,却难以探测人性与生命的幽微所在。所以论心思细腻,多情惆怅,只怕无人能及使用汉文的中国女子。娇媚清婉,文雅恬静,精神世界中是如此幻梦般虚虚实实的美好语言,才能够在落红与黄昏,垂柳与青苔的交替变换里书写那么如丝如梦的愁怨哀怜,才能够懂得夜半一声声滴不到头的长漏，才能够眼看那一寸寸的香篆飘摇青烟，缓缓燃尽。西方女子往往大方，利落，爱恨情仇挥洒自如，在浪漫感性之时也活泼洒脱，水到渠成，与成长的环境有关，更与滋养她们的语言有千丝万缕的联系。

英文 flourish，难以找到合适的中文翻译，或许译为"繁荣"，但又不尽准确，似乎中文的繁荣多是与世俗的繁华喧嚣紧密相连。而这个英文单词的词根 flour，原是花朵的意思。像花朵一样绚烂张扬的绽放，那一刹那惊心动魄的青春的美，宛若神迹般盛开。中文的"荣"原也有花朵的意思，但与"枯"联系起来，似乎更多形容树木的生死变化，而不是一朵花的惊艳与萎谢。东方人心灵沉静，面容安稳美好，喜欢从更加坚实恒久的木中体会一岁一枯荣的景观，在叶片花朵枝干的零落与新生里感觉那种生生不息、轮回不止的循环感与时空感。而西方人不同，他们极致的理性思维将其感性逼至另一个极端，使他们的感情如盛放花朵，决绝艳丽，如烟花在黑暗的高空盛放，而后自将凋谢。一生只开一次，更加的决绝果断，宛如那种鲜血般的花朵——曼珠沙华。生死间的绝美芳华，震撼人心。这种美不会缓缓老去，而会自行消失，在时空推移里 disappear。

西方人喜欢那些艳丽张扬，线条坚硬大方的花朵，不是没有理由。玫瑰，月季，郁金香，蔷薇，都是高贵艳美的花朵，张扬直接，美得诱人而生动。西方的爱情总是与玫瑰联系在一起，这种带刺的深红色花朵，象征着爱情的浓烈炽热与疼痛诱人，芳香勾魂夺魄，深刻浓郁。这种如此活色生香的花朵，是那种抛开一切思考与理智，用内心的涌动与激情去真切爱恋的写照。东方却将玫瑰等而下之,将上品之花的美名赋予其他花朵,梅花,兰花,木樨,艳丽些的花朵也多是桃花,山茶,芍药,抑或是花中之王的牡丹花。这些花虽然也美而张扬,但更受关注的是它们的气韵、风度、姿态,而不是一瞬的耳目声色之美艳芳泽。梅花的枝干横斜曲折,清洌芬芳的花朵盛开在冰天雪地,那样雍容而清洁的气度修为,才会令人生发梅妻鹤子的入骨爱恋。我们不同,由外在而入精神,而精神又迫不得已地为外在所塑造。

国人常常感慨西方年轻男女的美,那般艳丽诱人,美轮美奂。年轻的莱昂纳多,出演魏尔伦的情人兰波,清纯俊美的脸庞宛若临水自照的白水仙,天使般纯洁动人的美好,即使用中文描述也感到辞藻乏力。因此这种美只能用心灵感受,而无法用理性言说,这也是为何西方诗人如此爱走极端,如此为爱发狂。他们是崇尚理性的、热爱思考的人群,但他们身上这种惊魂的艳美却无法用任何理论公式道明说清。他们走向理性的反面,成为极端的浪漫主义者、感性主义者。在《泰坦尼克号》中,莱昂纳多的质地与轮廓依旧令人惊叹。西方人喜欢用肉体的缠斗激情来表达自己的爱恋。因为语言乏力,他们身体的欲望就更加强烈。欧罗巴人天生肉体强壮有力,肉与肉的交缠,抵达背后的爱情,是西方人普遍的方式。

但这样的爱与欲终究短暂,就如花朵只开一次,就如烟火爆裂消失。西方人崇尚青春与力量,希望保留一生只有一次的美丽。东方人往往坦然,认为人的生老病死就像一年四季,春夏秋冬一般自然。就像一个人走累了,天地给他提供了栖息的居所,让他休息安眠。东方人因此尊敬老人,敬重经验与年岁,珍惜时间光阴，制造出一系列词语贬低初出茅庐的年轻人，"乳臭未干""毛头小子""黄毛丫头""小妮子"，而常常把德高望重的老人比作松柏、仙鹤、仙人、菩萨，以他们为家门荣誉。这是多么的不同。西方人制造的吸血鬼，青春永驻，不会衰老，拥有异于常人的速度和力量。看完了《暮光之城》的电影，永不变老的吸血鬼家族，男主角爱德华苍白俊逸的容颜，刀劈斧削般深邃的轮廓眼眶，琥珀色的眼睛，皮肤在太阳的照耀下发出钻石般的白光。女主角贝拉最终变成同类，永远青春幸福地生活在一起。不睡觉，不困倦，永远沉醉在激情里不知疲惫，力图恒久保持那朵生命之花绽放的姿态。然而这又是多么难的一件事。

西方的男子躯体健美高大，性感有力，眉目深邃，英俊典雅，将一个人青春的华美表现到极致。裘德·洛，莱昂纳多·迪卡普里奥，罗伯特·帕丁森，这些惊为天人的西方容颜躯体，宛若神一般散发着爱与美的极致。白人男子清洁的皮肤，在日光下白得微微发蓝，细密光泽的头发，眉眼，鼻梁，轮廓鲜明的嘴唇，肌肉线条清晰的躯体，令人如痴如醉，往往十七八岁就已经发育成型。是如此急迫地绽放生命的美丽，不留余地。然而上帝是公平的，过早完满的美丽芳华，也会过早地凋零。那些健壮修长的青春躯体，光滑无瑕的诱人肌肤，浓密炽烈的艳丽，在东方人风韵犹存的年纪，就会全部消失不见。推高的发际线，层层的皱纹与色斑，身上的香气逐渐变为刺鼻的体味，曾经的青春少年彻底消失不见。这样的美是多么惨烈决绝，多么热情而残酷。尽管他们的美一直定格在银幕上，在文字中，但依然无力抵挡现实世界时空构成的洪流。像一场幻梦散尽，情爱消失，欧洲人一生中最美的一刻就停留在了当年风华正茂时烟火般迅疾的一场爱恋,那一晚两具身躯的触碰与纠缠。这样的凄厉果决,竟让人想起古中国的那首乐府诗。

薤上露,何易晞。露晞明朝更复落,人死一去何时归。

东方人的感情一向深邃含蓄如无垠深海,从不轻易打破中庸之道,过分张扬表露。唯有在面对生死之事时,方能真正欢喜悲哀,哪怕豁达如庄子鼓盆而歌,也不过是走了反面。因此这首歌中的哀愁与疼痛,倒适合西方人这种美的绽放消失,仿佛青春的自己是一个过分美好的梦境,很快就衰变死亡。宛如东方的昙花,只开一晚,天亮即会萎谢。这美好,如同那青草花蕊间的露珠,凌晨冻结,天亮消散,短暂无比,似白驹过隙。露水坠落,明朝还会重结。人的青春美好衰败死亡,又怎么可能还会有重来的一朝。大爱散尽,落了片白茫茫大地真干净。

奥黛丽·赫本,英格丽·褒曼,她们年轻的时候何等风华,倾国倾城的动人美好。眼睛清澈晶莹如宝石,脸庞盛开如花蕊,身段婀娜如脂玉,气息芬芳如玫瑰,华服首饰与妆容不及她们荣华的万一。一转眼亦是脸庞枯槁,身形消瘦,宛若老树的枝丫,让人不敢触碰。唯有奥黛丽的那双澄澈的眼睛,虽然老去,却仍然散发着爱与美的光泽,浸泡着生命的热度。真正的美存留在内心深处,在灵魂里,可失去了所有的绮丽容颜总令人觉得虚弱,要两者结合在一起才真正叫人心惊肉跳。所以我在思考,为什么这个时代越来越流于形式,人们越来越痴迷于整容化妆,那些徒有其表的靓丽明星会被捧得越来越高，人们会为了一张美好的皮相做出那么多疯狂的事情。世界的节奏越来越快，人们越来越恐慌，越来越急于抓住那些烟火般的美丽。旧的老去，总会有新的起来。没有人能够永远年轻，但永远有人正年轻着。这是何其残酷的事实。宛若无止境的梦与美的幻灭重生。

我们应该怎么办。在生命与岁月的荣枯中，命运的齿轮从未停止转动。美好将逝，大梦将醒。受，想，行，识构筑的自我幻象中，那个由一切美好抵达的叫作情爱的最深沉的幻觉。四大皆空又如何，天行有道又如何。没有人能够做到永生而不朽，也没有人能够不食五谷而吸风饮露，游于四海八荒之外。人为社会关系所陷落，又为时空变幻所宰割。这是何其无力的事情，每个人的心里都有着这样的恐慌，却又害怕发现这个真相。用繁忙日程，人际关系，饮食男女抵挡这种虚无，终究是无力的。它无处不在，如影随形。它是我们内心的质地所在。

但也许，爱与美自有其另外的呈现方式。曾经读到一篇采访，一位老人，死前最后想起的，是自己还年轻的时候，第一次见到爱人的情景。那时双方还没有争执，没有羁绊，没有之后的一切。他只是个俊美清秀的少年，穿着白棉衫，对着自己温暖天真地笑着。就这样，他觉得自己的一生是值得的。然而这又何其悲哀。我们能否顺应时光流去，静观生老病死呢？又该采取何种方法方式呢？这种事一直未被参透，也或许是人类无力知晓吧。那又该如何，求于上帝吗，证得涅槃吗，修道成仙吗？这些不是，也不可能是最终的解答方案。

看花开花落，观云卷云舒，说起来何其轻描淡写，做起来又是多么困难。有谁能够真正平心静气观察美的消逝呢?美与爱不是空无,也不可能因为相对的缘故便与丑和恶等同。也许,这是个会纠缠我们一生的无解话题,在我们感慨青春不复,发现头上的白发时,在我们感慨昔日美貌无双的男女明星迟暮时,在我们试图用轻描淡写的玩笑姿势逃避生命时光轮回的痛楚时。

我的耳边,又响起那首古老的歌谣。

薤上露,何易晞。露晞明朝更复落,人死一去何时归。

庐山梦

旅途的夜里总做梦。白日在华丽优美的亭台楼阁和书画长廊间徜徉许久,那些古老幽深的典雅线条颜色,仿佛散发着岁月与文明的光芒;端详着画中各异的山水、花鸟与人物,驻足良久,仿佛能找到前世的美感与记忆。夜晚在热水沐浴后换上丝绸浴袍,在小小的床头灯前看书,《半生缘》或是唐诗宋词,细密安稳的文字让人心中沉静,脑海中回想着一天的所见所感,接触的人情事物,回廊,荷花,书画,院落,阳光,行人,对话,等等。夜间却总是睡不安稳,在家里总是一觉天亮,无法探测到任何关于过去的回忆与感触。以为一切就此静静过去了。没想到在旅途中,夜晚总做着各种光怪陆离的梦,让人想起《简·爱》里的片段。简逃离了桑菲尔德府,到了英格兰的一个农村做教师。她白天过着平静快乐的教师生活,每个人都令她心生快乐友善,可每每到了晚上,她却总会做奇异的怪梦,梦见她深爱的罗切斯特,风暴海浪与船只,种种曾经的过往以一种诡异的姿势拼接组合,形成万花筒般的不可思议。如今的自己，仿佛在过去与现实的边缘徘徊，当自己能够放松下来不再压抑自己时，记忆的潮流便像错位的时空般层层涌流，形成幻灯片一般的光影在每个夜里纷至沓来。

庐山是一座文人的山，可它又与我印象中的中国文人不甚相符。长衣博带，轻裾飘飘，柳眉星目，吟风弄月，这是我曾经以为的文人形象。山水诗歌读过再多，在我印象中也不过是山峦的延绵滴翠，溪湖泉瀑的急缓浊清，以及密林中的花鸟蜂蝶与古寺道观。"造化钟神秀，阴阳割昏晓"，如此壮美奇绝的景象，在当年我的想象中亦不过是家乡几百米高的小山的模样，以为中国文人的血脉里流淌的就是花前月下的娴雅与诗酒花茶的惬意，直到真正看到庐山，我才知道，那是一种大气度里的淡定与从容。

千万匹凝碧的山峦，从平坦宽阔的鄱阳湖平原上拔地而起，绵延无际。每一座山，山脊都险峻而大气，带着无尽的绿意一脉脉延展到山脚，错落有致地勾勒出一道道华美灵秀的天际线。高耸的峰顶缭绕着云雾，远看模糊不清，更似水墨渲染勾勒而成，印在淡蓝的天际。在峰间穿行攀爬许久，忽然眼前一片空阔，万丈悬崖就在脚下，山谷两侧的山峰刀砍斧削一般巍然耸立，偶有白云缠绕，更是显得深邃惊险，令人忍不住双腿打战，两道绝壁打开的口子外，鄱阳湖平原宽广平坦的土地一望无垠地舒展开来，稻田、村落、城市，道路铺展在远方，鄱阳湖北角宽阔浩大的蓝青色湖水若影若现，面对这般惊妙奇绝的盛景，我心中唯有叹服之意，却难以言表。若算上之后去的浮着两个优雅小亭的碧蓝的芦林湖，恰可以用那一句"水光山色与人亲，说不尽、无穷好"。

说是"亲"，最开始却是震撼与惊叹，从未见过如此险峻陡峭，令人心惊胆战，又如此锦绣清幽，让人爱恋心醉的山水。观光大巴到牯岭的路上，我一直看着窗外云雾缭绕的庐山轮廓，那优美壮丽的巨大线条，将天地描成一幅宁静清远的山水画。不过话说回来，山水在前，画在后，先有了千姿百态的山水，然后才有画师的传世名作。《游春图》《千里江山图》《山径春行图》《溪山行旅图》，延绵的山与浩渺的水总被中国的文人士大夫千万遍地描绘点染，或雄浑大气，或优雅轻盈，或端庄温婉，或怪异奇崛。有的置身事外，以壮阔的空中全景描绘出一脉绵延的仙境；有的置身其中，用入微的视角点染草木生灵的童真清趣。有的人，画层峦叠翠，千峰竞秀，豪放大气地涂抹开一个辉煌的时代；有的人，绘残山剩水，一鳞半爪，揭示着动荡时代里纤细敏感的内心透明轻盈的忧郁不宁。不管描绘的方式何种变化，山水总是永恒地伫立于此。

中国人讲究"天人合一"，绝不仅仅是人与自然和谐相处那么简单。登珠峰之时，美国人说"我们征服了珠峰"，当时同为东亚文化圈国家的日本说"我们更愿意说他是珠穆朗玛峰之友"。面对庐山的悬崖峭壁，西方人第一想到的仍是超越与征服。可亲爱的人，在大自然面前，是多么渺小啊！如此高的万仞深渊，一个跌落就是粉身碎骨。人的肉体无论如何健壮英武，智慧不论如何聪颖超群，面对变幻莫测的大自然，都不过是比一粒尘土更渺小的存在而已。不管肌体如何性感健美，大自然的一块坚硬的岩石，就可以刺入它，令它丧失生命的能力，更别提悬崖绝壁野兽深林。所以我在山中每走一步，都心存敬畏，感恩庐山对我的宽容与仁慈接纳。与它相识相熟之后，亦不敢放肆，只是觉得它已然接纳了我，我们能够更好地交流体会，彼此心神贯通。这是一座山的雍容气度，是大自然面对懂他的人时的一种喜悦与气定神闲。

千百万年前，长江南岸的土地垂直断裂，巨大壮观的地质运动使得一块肥沃平坦的土地发生下沉，历经河流千万年的堆积冲刷，最终形成纵贯千里的鄱阳湖大平原。而升起的那一片刀砍斧削般的花岗岩，同样历经千万年，经过无数种子艰难的落户萌芽生长凋零，最终造就了江西北大门处这片青翠优雅的险峻门户。中华民族诞生以来，多少皇帝名流对它流连忘返，纷纷在庐山留下了自己的痕迹。可一座千万年的山，它的气韵与风骨不会因为任何人有实质性改变。庐山傲岸优雅的气节淤泥不染，澄澄绽放。与其说是中国古人的诗书礼乐赋予了庐山这种内涵，倒不如说是他们凭借敏锐的灵觉发现了庐山这种优雅华丽而不失纯洁，带着凶险陡峻的多元化气质。毕竟，创造不易，发现却更加真实与简单。

中国的山不同于外国，向来是自然与人文融合并存。在绝壁边缘试探行走，看着苍郁华美的山峦深谷，你会惊叹于大自然的鬼斧神工。可走进一座古庙或踏入一个洞穴时，看到刻碑上古老遒劲的文字，看着升起的烟火与残损的建筑雕塑，心中又会升起妙趣与欢乐，感到一种属于人世的踏实与心安。建筑多已破损，大多是崭新的重建之作。不过还好，气韵与文化却是只在这里。这种自然与人文的奇异融合，原本在我们看来是那般的寻常，可一旦放眼世界，其他山峰却只是自然之风华美，却少有人迹。由此，中国的青山绿水间的那些亭台楼观庙宇才更显难能可贵。

看过二十世纪的电影《庐山恋》，现在看来，像部观光游览纪录片。其实它展现的，也不过是庐山纷繁瑰丽的美好之中的冰山一角。这样一座浪漫多情的山，见证一场才子佳人，虽然亦是人间幸事，但未免有些大材小用了。要知道，从踏入美丽奇秀的庐山的那一刻起，你就已经在与这座温婉而雄险的千古名山谈恋爱了。倾听它流淌在竹林山壑间的呼吸，感受它血脉里清泉飞瀑的雅趣与清凉。观察它阴晴不定的百变脸色，倾听它从每个角落传来的带着灵气的热烈的心跳声，最终与它相交相融，方不负美意。

一个人同自己的梦想与人生又何尝不是爱恋着的呢？夜夜梦里总是浮现出当年昏天黑地备考时的情形。也许自己还是不甘，可没有人的人生是四平八稳，完美无缺的。充分的变化，正是无常人生的魅力所在。我不是轻易原谅的人，但我放过了自己。有些事情或许需要时间，但置身美丽而高贵的庐山牯岭，下午爬完山后回小屋洗澡洗衣服，门半开着，淡金色的阳光带着草木淡影与鸟鸣声声洒落，当我把一件细葛布苏绣汉服拧干挂上衣架时，却一瞬间想通了很多事。

|四、如来|

夏日

夏天是只存在于梦魇中的季节。只有在肉体无知无觉的幻象中，夏才会展开它的纯洁与梦幻。正午金色骄阳在树荫间洒下的细碎光斑在微风中摇曳，茫茫山野绿树枝丫映衬纯净蓝天。这是大地安眠如梦的时刻，一切都在清晰光明中停顿，道路两旁滑过耕作的田野与稀稀落落的房屋。这种安静类似于爱情，林外炫目的阳光映衬少年的洁白衬衫与透明皮肤，十七八岁的唇瓣间遗留薄荷的清香。幻想中的夏天应是最静谧的时节。冬天是寒冷的时日，冰雪将生机覆盖，安静流于表面，家家户户的心里藏着颗萌芽跃动的心。夏天则正好相反，热带地区的城市村落那般从容不迫，炫目阳光八九点便劈头盖脸晒下，滚滚热浪中大河湖泊平静地铺展奔流。戴椰壳斗笠的妇女提了竹篮沿街兜售鲜花水果和手工艺品，晒得黝黑的孩子三三两两在水岸嬉戏洗濯。这炎热季节带来的沉静令人动容。

一场充满危机与风暴的夏天，与世隔绝，一连数十天待在房间。偶尔出门，在地下超级市场购买鸡肉、牛奶、蔬菜水果和日用品，正午阳光暴烈，空气中弥漫黏稠的湿热，在微风中化为股股浪潮令人头晕目眩。夜以继日，切菜做饭，洗碗收拾房间，洗衣服的时候会打开蓝牙音箱，放的多是没有歌词的纯音乐或一些老歌。邓丽君几十年前的日语歌。她唱日文的时候真切哀婉，比起中文增添一份不动声色的力度，缠绵延展的声线丝丝缕缕溶解在空气里。清凉的水流过指缝，金色的阳光在水里泛起粼粼碎片。家务事处理完，需要工作，将空调开到冰冷彻骨的十八十九度，关起门窗打开电脑写作。长久的封闭令人感到无事可写，一个个文字应声破裂融入虚空，一切的心念与思维生于无始灭于无限，最终留下的不过是因与缘交织的轨迹。有的人可以让一时的悲欢通过文字变为永恒的美，我做不到。我已对一个天清地远的独立精神世界失去信心。或者说，这个在每个人的脑海中都曾经形成的世界缺乏观照对象，它无法在孤芳自赏中独立存活。我们每个人或许都有过纯洁的梦，一个有着清澈湖泊、美丽屋舍和晴好阳光的所在，一个充满诗歌与童话的园林，或是某个与世隔绝的桃花源。现实的生硬粗糙终将让一切流于幻灭，我们最终对话的不过是自己，但若无他者介入发言，这个秘密花园终将萎谢。逐渐觉得感伤与触动是一件消耗心神的事，内在越来越难以发生某些共鸣，却对世间万物充满有增无减的悲悯与理会。

数年前，喜欢写诗。那时充沛的感情仿佛源泉不断从地下涌出，东驰西走，随处而流，在哪里停泊都会形成一片亮丽的湖泊小池。仿佛对天地万物有种天生的灵敏，眼目所及在意识中迅速成为斑斓瑰丽的词句。一个华美文字构筑的绮丽幻境，十余岁少年经营沉溺的花好月圆。那时谁的诗都还未读过，辞藻浓艳又自含清丽，全凭着那火热而灼烧的心灵，仿佛湄南河上点亮的河灯照亮黑暗中幽谧的丛林。后来读了很多诗，得到各种各样的触动，种种生命的叹息与感慨，众生因缘际会中轮转的面目。自己却再写不出当年的诗。成为一个旁观者，诗人的心是世俗之外属于自己的，而我的却不得不成为世界的一部分。时代与大环境具有洪涛般的威力，它左右秩序的生成与个体的大方向，这是其强悍所在。而诗人的心一旦成型，就意味着脱离飞驰的时代列车，以痛楚锻造高处不胜寒的美。诗歌时刻提醒人活着，因此带来痛楚；哲理时刻告诫人清醒，因而带来绝望。

疲惫无聊的时候，我将手按在卧室的落地窗玻璃上，看金色的阳光一点点从阳台边缘的栏杆蔓延到我的手掌，手背洁白的皮肤看得见青色的血管，在阳光下分外清晰。不久之后这洁白的皮肤就会因日照沉积色素，丧失透明白皙的面目——美难以暴露在阳光下，它是属于黑暗的秘密。吃完饭后我倒一杯冰牛奶，坐在阳台的椅子上看书，都是旧日诗集小说和死去的哲学家留下的字。把脚伸出来，让它们晒阳台边缘的太阳，一旁养着的常青树和茉莉花叶片翠绿，在阳光中几近透明，浮现出翠玉般的色泽。吊兰逐渐生长，开出颜色洁白的小花，与修长的叶片生在一起极为优雅。坐在枝丫旁边，书页上会留下叶片的阴影，仿佛置身午后密林。我喜欢森林与青山的感觉。数年前的夏天，独自去庐山，山下空气灼热，阳光逼人眼目。坐车到一条空旷大马路边缘下车，游客中心的建筑显得离奇荒凉，人迹稀少，大批的车纹丝不动停在一旁的水泥地面，两侧高山巍峨陡峭，郁郁葱葱。我戴着宽檐帽拖着行李箱买了票走进候车厅，坐上大巴一路朝山顶驶去。慢慢地，风光明媚起来，牯岭镇上的公路清洁优美，干净澄澈的阳光洒下，两旁整齐干净的西式建筑间是优雅的松树，远处是庐山连绵的峰峦和空旷的天空。住进一栋小小别墅，设施简单，空气凉爽，早上沐浴后背包出门。山路曲径通幽，逶迤山峰此起彼伏，朦胧日光中如同水墨画卷。高大的林木笔直粗壮，浓荫中清凉舒适，在小道间漫步时内心自在。有一天登上一处山梁，青石小径空无一人。路旁开着数株细小的泽兰，朵朵白花间停留拇指盖大小的美丽蝴蝶，风一吹，蝴蝶的翅膀宛如花瓣的延展轻轻飘动。是如此清朗有灵气的山水，这数天之缘的体验或将永不再来。

而家家户户封闭的时候，我无处可去，只能为自己沏一杯热红茶或倒冰冻的百加得红葡萄酒。趴在玻璃落地窗前，向外望去，原本人头攒动的街头此刻空无一人，在寂静阳光下犹如鬼域。布满人行小径的绿草地和远处的公园空旷荒芜，唯有蓝皮白纹的巡逻车在日光下一遍遍行驶，用大喇叭播送着不变的信息，令人无端感到一种原始的恐怖。一打开手机、电视种种电子产品，信息与争辩永不停息。世界各地发生种种创建与毁灭，而我们最终持有的不过是自身存在。无论曾经走过多少处所，看过多少风光，此刻能见到最远的景色不过是窗边新开的玉兰花——白色的紫红色的花朵，丝绒般柔软而硕大的花瓣花苞，在夜色中显得安详。玉兰花开过，是桃花和栀子的花期，夏日一天天来临，在不变的时空中从未觉得时节的变化如此突兀。然而时节变化又与人无关。人的恐惧与沉默下，天地四时依旧有条不紊地运转，这使心暂时安顿。

四、如来

夏日总是容易头晕。待在盆地中的山城,热浪滚滚,潮湿难忍,身体断断续续感染大小炎症无法根除。有的时候,我会骇然发现自己写不出一个字。身心化为灰烬一般,再没有任何想要表达的东西。无法在世间找到相应的位置,一旦试图与外界建立联系,将要面对的就是带着种种盘算与偏见的标签、审查、挑剔。他人即地狱。我无法容忍人与人之间这种隔离功利的态度,一方面加剧着内在的孤独,一方面却拒绝将他人视作完整的生命。这是时代的吊诡,更是个人的悲剧。

记得有一年夏天,去西双版纳。行走在蓊郁的热带雨林中。坐缆车的时候会隔树木枝干顶端特别近,热带雨林植被巨大粗壮的根系盘旋在土壤上,草木浓密。有野象在山坡行走觅食,黑眼圈的猴子坐在梢头,一双眼睛滴溜溜打量着过往行人。这时阳光让人宁静。空气中弥漫着红土地湿润燥烈的气息,一条清浅小溪流在桥下缓缓流过。密林中有着古老的傣寨村落,竹楼年岁已久,阴暗处生着淡淡的青苔。村中最精致的建筑是飞檐高挑的朱红小庙。庙宇外墙涂成枣红,上有金色佛像浮雕,巴利经文中的经变故事,一笔一画细细描出人物眉目衣冠。重叠的屋顶颇具异域风情,金色檐角是象鼻模样。脱掉鞋赤脚走进大殿,木质地板清凉脆薄,一尊金色佛像头戴金冠,神情淡漠凝望虚空。周围小龛布满行住坐卧的佛像雕塑,有鲜花和清水供奉台上。香水百合花瓣边缘已有焦黄痕迹,散发腐败芳香。门外庭院空旷,传来隐约虫鸣鸟叫,四周长满热带植物:美人蕉,凌霄花,棕榈树,等等。洁白的佛塔耸入碧蓝天空,阳光灼热,击打在人脸上疼痛滚烫,出现赤裸红斑。穿着筒裙的妇女们在泼水池中嬉戏玩闹,阳光照得水花晶莹飞溅,让人一时遗忘此时此地意义所在。夏季的热带常有雷阵雨,一下便是巨大倾盆。下雨时,我们从万佛寺山顶急急走下,半坡是一尊佛陀像,其头顶塑造一只巨大眼镜蛇,撑开颈部为其挡雨。只消几个小时工夫,天重新放晴,灼热太阳蒸腾大地上的水分。裹着僧袍的男子跪坐在廊下雕刻贝叶经书,对过往游人表情淡漠,不远处小摊上的妇女叫卖新鲜椰子,钻好孔插进一根吸管能吮吸到淡薄清甜的汁液。

在这种时候,似乎已经很少想起爱情。孤独逐渐成为一种自然而然的处境,仿佛血液神经一般化作肉体精神的一部分。哪怕在喧嚣的夜市商场,也如入无人之境。记得某年盛夏在某座古都小住,晚上打车来到老城区夜市,沿着一条条油烟弥漫的街道行走,沿途密密麻麻的烧烤摊小吃店摆出简陋木桌,人们围坐一堂进食辛辣油腻的食物,烟酒气味、人声喧哗汇聚为一条污浊而热闹的河流,推动人前进。隐约听到戏曲唱腔,寻寻觅觅走进二楼一处戏楼,打开玻璃门,豫剧唱腔震耳欲聋,下面无所事事的人在巨大的噪音下若无其事嗑瓜子喝绿茶。观看片刻,我重新推门走出,再次迎来街道上的热浪滚滚。我不习惯成为一个参与者,而选择成为一个观察者——观察者的趣味在于,审视周围发生的每件事,猜测每个人的发心动机,所作所为,不与人紧密黏着,获得安全性与距离感。而它的危险性在于,一个观察者时刻可能被踢出群体之外,成为一个不合时宜的局外人。哪怕已经接受这种存在,却也失去了感受他人实际体验的机会,一切成为自我的无力妄想。

喧嚣之后,会突然在某个有月亮的夜晚,想起自己曾有过的触动，想起曾经的痴迷与天真，想起曾经有过的爱与感情。想要他有一双修长干净的手，能爱怜地抚过我的头发；还有一个坚实的带着花木清香的怀抱，包裹着柔软的刚洗过的衬衫，一双如水般俊美清澈的眼睛。我想我可以等，直到一切现实在我面前生长幻灭，仿佛那首古老的《望江南》，从清晨到黄昏千帆过尽。而这种等待，就成了爱情本身。或者说，我还有着些与世界相隔离的记忆。比如那年哈尔滨的夏夜，中央大街上俄式路灯稀朗的灯光，一个用以遗忘世界的亲吻，一句没来得及说出口的诺言。曾带着艰辛与重负活着的时刻，曾经心心相印抱头痛哭过的时刻，曾情肠百转却无可奈何的时刻。还有重庆夏日的末尾，半夜从洗浴间狭窄的窗户看到的深蓝夜空。操场上空无一人，其他人已经熟睡，月明星稀里秋虫发出衰竭的叫声。那一刻，突然觉得身心寂灭，湮灭了所有的爱恨。那么多的故事凝固在夏季，开头，然后结尾。夏季仿佛一个周而复始的轮回。再没有任何时刻比这个季节更像生死轮回。炎热而急促的白昼，清凉高远的夜晚，梦魇般的阳光与稀稀落落的群星。轮回在这时空中短暂而永恒的人与爱情。

今年夏季末尾，我回到阔别大半年的成都。进城环线拥堵无比，车灯闪烁，一场细雨却带来丝丝凉意。次日清晨回到住所。晚上下了一夜雨，外面空气清凉，小旅馆房间却闷热无比，难以入眠。翻身起来喝水，看陈年的电影。那些男男女女的皮肤在镜头中那般清晰明亮，女子哀伤的眼神隐没于黑暗。她穿着冰凉的丝绸长袍，广袖上布满华丽银色花纹，眼神中满是落寞苍凉。她怀抱琵琶说，我爱过一个人。他说他爱我，我相信了。直到凌晨三点，终于睡去。第二天六点过起床归去，道路两旁青砖砌成的建筑颇具古意,破败的公寓围栏外是欣欣向荣的植物。当天夜里沉沉睡了一觉,次日与旧日相识的朋友外出聊天。我们都曾经浪漫鲜活过,在年少之时轰轰烈烈可以弃一切于不顾。可人总要认清现实的生冷无力,我已在她的眼中辨认出同类的色彩。最后一天,带她参观一处著名的佛院。顺着大殿深入,在寺内园林散步。园内古木参天,禅语林立。走进一处破落古亭,我们彼此站定,默默无言。分别时,上不同的地铁,我看着这个与我相处两天的女子脚步虚浮下车离去。把头靠在车座上休息的时候,我突然想起,公寓楼外的银杏似已发黄。它会逐渐变为金黄色,铺满地面,然后次年春天又长出嫩绿的新芽。再到来年夏季,它又会苍翠繁盛,周而复始。而这些,就是我要记住的夏季。

| 四、如来 |

庐山，白鹿洞与山人

  白鹿洞书院在庐山的南麓。山南阳，水南阴，向阳的青山绿水间建起的古朴书院既充满山林野趣，可让学子感受大自然的清新与纯净，又能够形成冬暖夏凉的小气候，让学子在院落中一心一意研习圣贤之道。曾在书本上看过白鹿洞书院辉煌的历史，大名鼎鼎的二程兄弟和朱熹奠定了它的千古基业，在人教版高中历史教科书必修三的第三课，讲宋明理学的时候，下面的插图中就有白鹿洞书院古旧文雅的大门和上面淡青绿的牌坊题字，让人瞬间想起道法自然、尊德性道问学等天人合一的教育理念。它在最辉煌的时代，曾是一座世界上当之无愧的第一学府与思想圣地。在漫长的封建社会里，它贡献了数以百计的状元与数以千计的进士，像牢固的基石一般支撑起古中国辉煌灿烂的文明，为上层士大夫官僚系统源源不断地输送着新鲜的血液。二程，周敦颐，朱熹，陆九渊，王阳明，这些如今家喻户晓的伟大思想教育家，当时不过是书院的院长或讲师。白鹿洞也因而成为宋明理学发展壮大的基地，理学与心学针锋相对，理生万物与心外无理两相对照，激烈辩论，独自沉思，认真教授与学习。这里被后人称为"中国四大书院之首"，的确当之无愧。

然而这座曾经鼎盛煊赫的一流学府，如今却难觅其踪。坐车寻找许久，才发现白鹿洞书院的白色牌楼在一条灰扑扑的省级公路旁伫立。又驱车进去，售票处很小，深蓝的玻璃窗，买票的人只有我，四周很冷清，唯有密林间的一条公路。顺着公路往下一段，方有一个停车场，旁边像寻常传统文化旅游区一样，稀稀落落排布着兜售义乌商品和租借汉服的小铺。下车向右一看，那在许多东亚文学与历史专著里出现过的白鹿洞书院大门牌坊赫然在目。青绿色的题字古朴清雅，在年岁的剥蚀下淡了颜色，灰白的牌楼两翼高挑的飞檐残损不堪，尽管可以看出人工抢修的痕迹，可看去仍是凄怆。走进书院，白墙黑瓦的传统院落迎面而来，门外就是一条潺潺流水的小溪与延绵的绿意。书院内，建筑大多新建，少有当年的古建筑遗存。校园内种着桂树，芭蕉，桃花，翠竹，倒是与当年一般无二，只可惜当年那些宽袍大袖，诗书满腹的身影再难寻觅。阳光洒在空寂无人的院落里，我想象着这里当年谈古论今的喧哗鼎盛，不禁有种隔世之感。

后来来了一个旅游团。倒是暗地佩服他们能够找到这隐蔽破落之地的决心，遇见他们的时候我正在圣殿里拜孔子，最隆重的三叩九拜大礼。有几个台湾人互相怂恿着说"你也去拜拜"，然后就听见有人说"我又不是学生，拜什么拜"。想到有些宣传中说的台湾遍地是文庙，台湾人最尊敬传统文化，我轻轻笑笑，继续行完最后的拜礼，转身迈出殿去。又是满目的阳光，看起来非常漂亮,照在一重重院落间,还有院中的王阳明和周敦颐雕像,我不禁又顶着烈日跪拜了下去,心中是虔敬与感伤的交织。

倒没想到白鹿洞书院真的有白鹿洞和白鹿。白鹿洞是宋朝一位官员亲祭山神后挖的,之后又有人琢了白鹿放入其中,再后来白鹿石像又被深埋地底,直到1982年被挖出,重回洞中,从而幸免多少灾难。书院里大大小小满是曾经的碑刻,足见其当年的鼎盛与繁华。但原本应该露天的碑林被糊上了水泥,刷了白漆,像嵌在白粉墙中一般。再仔细一看,碑上遒劲优雅的文字雕刻被人为暴力地凿破些许,有的看得出清晰的断痕,应该是曾经被打断后来又接起来的。文化像大树,一寸寸生长几千年,却没想到栽种他的人生下的子孙会有践踏它的一天。就算之后再努力修复重培,也难以修复当年元气。白鹿洞口以栏杆挡住,不让人进,我看四下无人,悄悄翻进去,环顾这尊跪着的古朴白鹿雕塑和洞穴中残损优美的题字刻字。洞中很潮湿,微微幽暗。而洞外阳光明媚,半枝青绿的芭蕉伸进来,打着太阳的光斑,纯美极了。

踏入书院时便闻到一股羊子一样的骚味,慢慢踱步搜寻其来源,又听得几声兽类的鸣叫,感到有些奇怪,顺着声音传来的方向穿过一条极窄的巷子,慢慢走上台阶,一看吓了一跳。没人在管理,起码五六只白鹿在铁栅栏里或跪或躺着休息。啊,白鹿,这就是中国人喜欢的象征高洁隐士和吉祥平安的白鹿,那与仙人隐士相伴的精灵。我竟是觉得有些奇怪,眼前不过是几头长着白色皮肤的草食动物,有的头顶长着小小的角。它们的神态懒散而无力,有一只只黑色苍蝇叮咬在它们的鼻子上,更多的苍蝇绕着它们转圈,地上满是散发臭味的粪便,让我实在难以想到青松古木道观仙人等极具道家美学色彩的清远之物。一旁长着几株瘦弱的芭蕉。原本青绿的芭蕉亦是中华文化中的美物，但我想折取芭蕉以饲白鹿，似乎也不是什么焚琴煮鹤之行，于是便走到一旁信手折下几支鲜嫩多汁的芭蕉叶送进栅栏，立刻便有两只白鹿上前叼过叶片咀嚼起来，很快吃完了。那一旁的芭蕉叶本不多，我又采集了一些，一股脑儿地送进栅栏。这一下所有的白鹿都站了起来，颤颤巍巍地往这边走过来争夺食物。鹿显得有些瘦，四下没有人，想必许久没吃过一顿饱饭。最开始看见白鹿本来十分欣喜，现在倒觉出几分苍凉来。

白鹿最开始和隐士与道家文化联系紧密，中国人爱白鹿，也有很多画鹿的名画。偶然拜访了一位喜爱的画家的纪念馆，竟发现几幅他的鹿画真迹。我对着深浅纵横的一幅水墨画长久地凝视，画中的鹿上翻着眼睛，四条纤长的腿轻盈地站在林间，呈现出悠闲自在的体态来。可鹿的神色间，似乎又隐藏着千头万绪。像是愤怒，像是嘲弄，像是无奈，像是孤独，像是好奇，令人琢磨不透。鹿旁边的松树或芭蕉亦是寥寥几笔，惜墨如金，线条乍一看，像是几岁顽童的涂鸦之作，拙朴幼稚，千奇百怪。可仔细一看，每一处运笔却都是那般老练苍劲与韵味无穷。极致的成熟与精通，竟成了最原始的古拙天真，真是不可思议。

馆中陈列了他的不少真迹。我面对这极致的艺术与美丽，惊喜得快要眩晕过去，在每一幅画前长时间停留，在光线很暗的空旷展馆里对着画坐下来，两只手抱住膝盖，仔细凝视着玻璃对面的笔墨线条。山水，人家，荷叶，鸳鸯，鹿子，苍鹰，仙鹤，游鱼，传统的中国古典美学意象被他推向了极致。他画每一只鸟儿，各种不同的羽毛,用极为简练的笔墨描得清清楚楚,观察如此细致入微。他不像同时代的其他循规蹈矩的画家,刻意追求构图的严谨与形态的和谐,而是直画其所见,不怕画中央突兀的一块乱石或荷叶间拔起的几株野草影响了构图的精美,显得如此真实。如此真实,却又时时令人感到不真实。他画中看似愚笨古拙的山石草木,鸟兽虫鱼千奇百怪的面容神色,让人感到他描绘的是一个无比抽象的属于人的内心的感情世界,以中国传统书画为外衣大步地从笔墨间走出来,让人想起印象派的莫奈和现代主义绘画家毕加索。然而他们又不尽相同。八大山人有他的克制,安慰,与两端的纠结,不似西方人那般肆无忌惮,横冲直撞。这究竟是一种高妙的智慧,还是不必要的压抑与克制,没人说得清楚。在他以前,我从未在任何一个画家那里感受过如此彻底的矛盾造就的美与疼痛。真实与虚幻,人性与神性,放下与执着。我是到过其故乡"赏真"了,倒不知道自己能否勉强称为"真赏"。

八大山人是明朝的皇族遗民。他眼看着自己鼎盛煊赫的家族如万丈高楼一夕坍塌,从一个养尊处优的纨绔子弟变为担惊受怕的战争难民。他少年时代享受了当时全世界最为奢侈温暖的生活,也使他养成了性格中磨灭不了的皇族傲气,可十八岁之后,他看到了太多的战乱屠杀,你死我活,经历了太多苦难,眼看着自己的兄弟姊妹一个个惨死刀下。他八岁能作诗,才华横溢,一介贵族最终却饱尝心灵的疼痛与煎熬,沦落凡尘。然而他到底是不一样,从尘埃里开出了世界艺术史上最惊艳人心的花朵。命运的颠沛流离,内心的多愁善感,对平静与幸福的不变追求,折磨着他,也塑造了他。他画的芭蕉,都是破败的残蕉,零星的几丝叶脉枯朽地挂在枝头。画的松树，亦是枝干盘虬坚韧，稀稀落落的几颗松针，其间穿行的生物，眼中是孤寂痛苦还是无奈自嘲呢，真是说不清楚。

八大山人倒也画山水画，这还是令我惊喜的，尽管也在意料之中。中国画里，山水花鸟不分家，已成常态。不过他的山水画，也是矛盾的统一。极端高明老练的绘画技艺和极端简朴笨拙的笔触感受。中国文人尤爱山水，四季的山水在他们看来都别具风韵。春天自是不必说，万紫千红，莺啼燕语，是西塞山前惊飞的白鹭从桃花水间抓住了今春的第一条肥美鳜鱼，还是池塘间游动的野鸭在新绿的芦蒿深处察觉到了骤然转暖的水温呢？到了夏天，长衫广袖的文人士大夫便三五相约，到清凉的山中找小溪曲水流觞，饮酒作乐，或是寻得一山间小亭，烹茶焚香，弹琴一曲，互相吟诗作赋，倒也不负好时光。秋日，更是要趁着天朗气清之时野宴一番，赏层林尽染、百舸争流的美丽风光。就是到了寒冷的冬天，也还有风雪夜归的痴儿情愿抱梅闻香，嫁与这一夕疏影横斜，暗香浮动。也还有那不得志的孤傲渔翁，在山间的湖上撑个小舟，独钓那一袭寂寞与孤高。

总之，秀丽的山水，怎样都是美的。正如欧阳修在《醉翁亭记》里所说的："若夫日出而林霏开，云归而岩穴暝，晦明变化者，山间之朝暮也。野芳发而幽香，佳木秀而繁阴，风霜高洁，水落而石出者，山间之四时也。朝而往，暮而归，四时之景不同，而乐亦无穷也。"晴云佳日是美，云遮雾绕是美，雨雪霏霏也是美。像清秀美好的佳人，素颜白衫也好，盛妆丽服也罢，抑或毫无遮掩，光洁白皙的胴体仅有黑发散落其间，不管以何种姿态出现，都是极美的。

中国文人雅士最钟情的山，恐怕莫过庐山了。泰山是政治文化的祭坛，华山是侠客勇者的斗场，峨眉五台是佛学的圣地，青城雁荡是道士的仙山，只有庐山，包容万象，雄伟险峻却又清婉柔情，断崖绝壁令人心惊胆战，密林清泉却令它风姿绰约。它汇集了一座山脉所能具有的所有风光，山，湖，泉，瀑，石一应俱全。它也因此成为中国文人的风雅云集之地，一千多位诗人在此留下近两万首诗歌，我们耳熟能详的《望庐山瀑布》和《题西林壁》都是其中的脍炙人口之作。不亲临庐山，你难以感受到那种震撼人心的壮丽与典雅。视频照片中缩小无数倍的山峦云海，只会让人的眼球在辐射与蓝光下酸痛，唯有真正置身其中，才会感到一座山与生俱来的灵魂与神性。

庐山上有座亭，名唤忘归亭。一开始并不知那亭子的名号，只见小路的尽头，有一座简陋古旧的小亭，那便是那座山峰的尽头。走上亭去，极目远望，整个人所能感到的是错愕与震撼。面前是气吞山河的含鄱口。两面皆是一脉脉青翠高大的山峦，山顶一条条的脊线延绵开优雅壮美的曲折弧度，一层层地叠开，在远处的云间，由近及远，一道道青绿的山脉渐渐变为深绿，墨绿，最终成为山水画中浅淡辽远的墨色，宛若天神挥毫在幽深的天幕里绘就了一幅山水绵延。两侧延展的山脉间，打开一个巨大的倒三角缺口，一望无际的鄱阳湖平原瞬间延展万里，绵延无尽，远处巨大的鄱阳湖烟波浩渺，水光粼粼，与天幕交合在一起，让人分不清水与天。水天一色，大抵如此。如此俊秀优美的云雾山峦，竟能配上中国最大的淡水湖泊，这令人心惊肉跳的造物者的艺术创造，令人唯剩膜拜与叹服。在亭上，四下无人，我放声高歌，天朗气清，心胸开阔，天人合一的境界，大抵如此吧。

大抵所有的山河壮美，都有相似处。学习时读"造化钟神秀，阴阳割昏晓"，想象不出，脑海中山的模板就是家乡六七百米高的小山头，感觉只是文字极美。真正登上庐山，看着千米高的绝壁凌空而起，眼底巨大的山峦起伏，在阳光的照射下一侧山峰投射下巨大的阴影，将明与暗刀刃般地分割开来，站在锦绣谷的崖头望去，心脏狂跳，满眼震惊，才猛地想起"造化钟神秀，阴阳割昏晓"，才知道杜甫当年看着现在这令我心惊胆战的风景时，内心的气象是何等磅礴浩大。原以为中国文人内心多是纤细惆怅，这心惊胆战的景象在他们笔下却能表达得那般气定神闲。再想一想"黄河远上白云间，一片孤城万仞山""海畔尖山似剑芒，秋来处处割愁肠"，那又该是何等壮丽。这样一想，心中不禁要为自己曾经的自大无知、恶意度人而惭愧了。

庐山像绝大多数的中国名山一样，是座自然与人文兼而有之的秀山。在中国传统文化方面，它巧妙地融儒释道于一炉，形成别具特色的庐山古典精神，近代以来，它又融入了西方的贵族气息，却井然有序，分毫不显杂乱。毕竟是已有数千年的积淀，这文明的积淀赋予它深邃的内涵，使得面对水面的狂风暴雨时，它深海般的内心依然一如既往的宁静。不像某些无文明根基之地，杂乱无章的文化搅成了一锅浑水般的大熔炉。

庐山上的古建筑遗存颇多，大多已经残损不堪，但其中蕴含的灵气与文明是错不了的。山光水色养人心性，一钻入山洞或小亭却又感到另一种源远流长，别有洞天。但这两者丝毫没有不和谐之处，只因为古中国的文化原本最讲究与自然的和谐共生。所以当我来到一座深山古寺或一个山顶小亭，总是有一种圆融的亲切感，觉着它本应如此，而忽视了在科学技术不发达的古代，人们要修筑它们该是多么艰辛不易。西方人的教堂喜欢耸入云天，建在"文明开化"的城市中心地段，而中国的佛寺道观却偏往青山绿水中走，花木掩映间，更有人文主义的亲切温和与现世关怀的情感热度。仙人洞，黄龙寺，大天池，一路鲜花盛开，蜂飞蝶舞，猿猴与松鼠不时出没，宗教气息浓厚的景点却令人放松亲切。

　　说到西方，便不得不提牯岭镇了。这座庐山深处的小镇，夏季平均气温仅二十二度，从它落成那一天开始，便是政治上层的青睐之地。蒋介石与宋美龄的故事记录在美庐别墅里，新中国成立后的许多领导人也喜欢到庐山清凉处避暑。当人们刚从铺天盖地的祸乱中挣扎而出，是庐山上的恋情让人们看到生命的多姿多彩；当一个国家被外国凌辱却只能保持沉默，是庐山安抚了这个民族沉痛的内心，让它咬紧牙关一步步成长为东方觉醒的巨龙。进入牯岭的一刹那，会有一种类似剑桥大学或是伊顿公学的英式贵族气息迎面扑来。精致整齐的别墅，宽敞干净的马路，碧绿优美的植被，明亮温暖的阳光，让人瞬间感到穿越了一个时代。让人想起《时间规划局》里男主角从灰暗肮脏的底层世界，进入清洁美丽的新格林尼治时的镜头。尽管这份西式的优雅背后，隐藏着一个古老民族在近代一百多年的耻辱与伤口，丧权辱国列强瓜分的黑暗岁月。当时英国的势力范围正是庐山所在的长江流域，喜爱凉爽的英国人便在中国的美丽圣山上未经允许地修建了纯西式的牯岭镇。这个听起来和牛有些关系的小镇名字实际是英文

"cooling"的音译。将错就错,倒也别添一分生趣。

八大山人是否到过庐山呢?想必是来过的。因为庐山名声在外,美景的确惹人赞叹,而且八大山人又是江西人,后来又来到这一带生活。就算自己贫困潦倒,以他书画的名声,也想必会有阔绰的文友邀他一道上庐山赏月品茶参禅悟道吧。这样一想,江西出人才,耳熟能详的名字,元晦,象山,阳明,想必都到这山上来过吧,以他们的才情,到这般美丽迷人的地方,应该还写过不少的诗歌,只可惜我才疏学浅,也暂未目睹。白鹿洞书院也就建在庐山南面,古代倒是不会收什么门票划什么景区范围的,那么白鹿洞书院也可以算是庐山的一部分吧?那么,庐山也该歇歇了。总不能几千年,又教书育人,又一面不知疲倦地向世人展现它千变万化的奇观吧。这么一想,就比较坦然了。

| 四、如来 |

风思
——日记与闲谈

元旦假期,独自前往青城山看雪。

进住旅馆,房间狭小而整洁干净,唯一的缺点是没有暖气,在房间中一呼吸空气中就浮现白色雾气。卸落行李,脱去外套,全身冷得嘶嘶作响。晚上睡觉时总听到若有若无的鸡鸣声,整个下半夜迷迷糊糊难以入睡。

第二天清晨早早起床,穿上冲锋衣,绑腿军裤,运动鞋,准备前往山中。顺着公路行走,进入山中小路,渐渐往里走,四周苍郁树丛灌木间积起厚厚白雪,松软轻盈,抓一把抛掷,雪花漫天洒落。路边有一条泉水汇成的小溪,没有完全封冻,山泉汩汩流淌着,清澈干净。青石台阶上凝着一层固化的冰状物,脚踩上去异常的滑,买来雪地钉绑在鞋上方才有所好转。

山峦绵延起伏,树林茂盛,白雪覆盖一座座山,宛若罗浮幻境，美得清澈而不真实。太阳透过积满白雪的枝丫在天边亮起白光，密林中曲折的小路与小巧的石拱桥，变为一道道白茫茫的途径。木制栈桥上木条一片片搭开，白雪覆盖其上晶莹透亮，绵延向远方。撑着一根竹棍，一面赶路一面欣赏景色。

走到一个山中湖泊，幽蓝色的水清澈见底，水面覆盖着薄薄的透明冰层，用竹竿用力敲击便破裂开来。船划行其间，两岸雪树银花，仙境般优美。船到渡口，一尊神像静静伫立，宁静欢喜地微笑着，迎接着往来游人。神像面前的功德箱想必是近些年新加上的，没有管它，朝前走去。

越往山中走空气越冰冷，积雪厚实，天地间清远白皑皑的一片，只见得山下村落的青瓦屋顶覆盖雪花，呈现出人世的热闹。走到一个凹进去的山中洞口，立有数尊眼神明净，神态安然的佛道塑像，境界姿态令人神往。只是有几尊，眼神中似透露出不甘与算计，到底还是人塑成的，脱不了俗。

山巅有座古寺，穿黄色僧袍的僧人正在吃饭。不信宗教，但拜一下佛像，仿佛完成一种有神秘感的美好仪式。飞檐斗拱间冰凌冻结，曲折的廊外冰封雪盖，别有洞天。台阶下的弥勒佛像全身覆盖厚厚松软积雪，只露出一张孩童般欢笑的脸，仿佛小孩裹着一层白棉袄，十分可爱。

在雪地上写字玩耍，于路边小摊买热的炸土豆和面饼吃，味道一般，但天寒地冻里吃上热的食物，喝一口热水，远眺白茫茫一片的山景只觉得舒畅。吃完简单的午餐，背上背包准备下山。

处处都是美妙奇幻的雪景，小桥，亭台，路径，庙宇，融化的泉水与山中湖泊。树枝叶片上白雪轻盈，空气寒冷而新鲜。脚上的防滑钉已经完全脱落,行走困难,又买下一双草鞋做底方才好些。徒步五六个小时,终于走出山路。中途有一段坐索道下山,坐在高悬的小舱内,四周一片雪舞冰封的素雅世界,童话般的梦幻,如古文中的"天与云与山与水,山下一白"。欢喜之余不由得生出感伤。世间的美,无不像这玲珑剔透的秘境。霜凌冰挂,短暂停留,终将随时光流逝,全部化为梦幻泡影,消失不见。

·

考完期末第一场测试,西方哲学史。内容为古希腊哲学与中世纪哲学,想到很多有趣的东西。这样的考试模式让人喜欢,不给出标准答案,简洁明了的问题,可自由发挥,提出个人的见解判断,用独立的批判思维思考模式,呈现议论性的答案。有人却仍觉得课本论文中的知识与生活实际、个人内心有距离,但就此说它是假模假式也未免过于武断。书籍与思考的妙处不局限于美与爱,也不局限于种种深刻真实的问题,以及外界的种种,主义宣传也好,经济政治也罢,都是我们锻炼自我,发现人生价值的方式方法。搁置评价判断,允许其存在并取其精华为自用,是比盲目排斥更加有效高明的手段。

庄子说过一段话,大意是如果一个人栖居在潮湿阴暗的泥水中,他一定会得风湿病,但对于一只泥鳅来说,那却是快活的小小天地。如果一个人长时间吊在树上,他的关节一定会脱臼,但对于一只猴子而言,那却是稀松平常的事。精妙的中国譬喻逻辑,揭示出这样的问题:每个人的生命模式与个体特质是不一样的,甲之蜜糖,乙之砒霜,对于一个人温暖适宜的生存模式,对另一个人或许是折磨。所以为人处事,减少不必要的价值评判,攻击讨伐，明白世界多元共生、和谐相处的道理，才能够细水长流。

对希腊哲学的产生地区深刻的印象是白色的圆屋，上面有天蓝色的屋顶，圆圆如同凝固的水滴，映着透迤的坚固群山和浓蓝色的海面，分外天真漂亮。这样的民族，理性与思辨的艺术，对知识与本质的不懈追寻，将人与自然天真拙朴地对接溶解，是否也是一种文明的美丽脉搏？

·

世界上的事情不可能处处顺应人的意愿与设想发展，不管计算得多么精密，筹划得多么巧妙，总会有忙中出错、始料未及的情况发生。此时如果强求现实与理想一模一样并把周围的一切作为宣泄不满与委屈的对象，觉得自己吃了亏，只会让心情越来越糟。

意识中的东西不可能在实践中完全实现，即使能够实现也未必就能取得最长远的利益。做好打算的同时学会随遇而安，做好自己能做的事情，欣赏身边已经发生的事情，我们才能更好地生活与理解。心中的戾气与焦虑之所以会产生，就在于我们把自己的身心局限在一两种自己认定的开心模式、利益模式中，不懂得及时地突破变化，寻求新的刺激与新奇，而是陷入对自我与他人的讨伐之中。人应该顺应不同的风向不断向上飞翔，而不是固执于一个位置与狂风暴雨激烈缠斗损伤自己。

但是持久而无聊的生活总会使人产生审美疲劳，人总希望新奇与愉悦，可当它变成现实一切却反其道而行之。人居住在小小蜗居中也好，生活在华丽宽敞的豪宅与别墅中也罢，真正需要的空间和位置也就只有那么大一点点，怎么都会产生疲倦。如何让自己保持对生活的新鲜感与不断的热情，接纳并享受已经被给定的东西并不断实现物质与精神层面的突破与前进，是我们需要用一生思考与探索的话题。

·

冬日午后，在教学楼门口闻到清香，透彻明净，细细回想便知道是蜡梅花香。前行寻找，在花坛边缘发现几株蜡梅。

蜡梅是幽静而自在的花朵，不像空谷幽兰与世隔绝，阳春白雪，它自然而然散落在人间的每个角落。枝干清瘦优美，或直或曲，倒心形的叶片还未掉落，由绿转黄，一簇簇芬芳的玉黄色小花在其间盛开，散发幽微香气，凑近鼻子就可闻到，极为清远宁神。以前常常在蜡梅盛开的时节摘下几朵蜡梅扔进开水壶中，用烧出的水冲泡绿茶或是红茶，茶水中会有蜡梅热腾腾的清香，喝进喉中极为舒服。若能有一小碟话梅桃干等果脯蜜饯，再有一两位风雅好友相伴，窗外伸过一枝梅花，那当真是人生惬意。

觉得这蜡梅美得朴素纯粹，忍不住扳过一两枝嗅闻花蕊间的芬芳气味，感觉非常舒服。听闻身后有脚步声，放下梅枝朝前走去，心里也觉得奇怪。倒还希望身后的人能够感应我对梅花的小小心意，回头看去，不过是两个面貌俗气的男子，漠然地走过梅花自顾自说话。心中感到失望。

一个人的面容美好，不一定就要雪肤花貌，或者俊美清雅。一个心中有内涵，灵魂里有美的基因、自我的直觉的人，他的面容一定会呈现出平和、干净，让人观之心生欢喜宁静。即使是普通平常的一副面容，也自会在一颦一笑之间展现出令周围恬静美好的气场与风度。有时候在想，我们这么操劳度日，又能够得到些什么。学习,工作,婚姻,生活,都被快速前进的浪潮冲刷掉了内涵,空无地保留着苟延残喘的一具形式的外壳。生命发生变质,这一切原本只是通往生命的真实与内心的喜悦的台阶与道路,最终却被我们当作了目的本身。而想要在继续获得衣食住行的物质生存基础的情况下抽身而退,又是一件多么不易的事情。

•

喜欢各种各样的面包。新鲜的高筋面粉、鸡蛋和牛奶发酵之后烤制出的面包,柔软蓬松充满弹性,吃起来酥脆香甜,让人觉得厚实妥帖。经常买一种奶酪面包,小小的香软螺旋形面包上覆盖薄薄一层丹麦奶酪,味道香浓黏腻,带着牛奶的甜蜜温软,和着面包嚼在嘴里非常好吃。再小口小口喝点牛奶,是不错的饭后点心或早点。还有一种汉堡,上面撒满烤成金黄色的芝麻粒,夹着生菜、西红柿片、鸡蛋和火腿,浓浓的雪白沙拉酱,非常好吃。芝麻的香气十分浓郁,融化在食物的咀嚼里,唇齿之间全是那种熟透的芬芳气味。

但吃早饭往往还是喜欢一碗热气腾腾的汤面,上面有美味的肉酱、煎鸡蛋或者整块的鸡肉。或者一碗米粥,米糕烧卖春卷之类的传统早点。我相信就算是住在西方国家,下楼就有每天清晨烤新鲜全麦面包卖的小店,我还是会更喜欢稀饭小菜或者汤面的。人的身体懂得辨认滋养它生长的东西,这变不了。

•

自习教室中,正前方第一排一个男生。

身材不高,但清瘦优美,从偶然瞥见的正脸可以辨认出清秀俊美的五官。从背影看去,穿着深蓝色的薄毛衣,里面一件浅蓝的衬衫，想必在暖气房里脱了外套。头发适度的长，轻软地搭在头上，肩膀与背部的轮廓呈现出梅花枝条般的清隽空瘦来，一看就是优美漂亮的男子。

晚上出去接水时看见他在窗口趴着休息，向往张望，冷风阵阵。双腿穿着卡其色长裤，腿部的轮廓修长而不至消瘦，呈现出性感而有度的肌肉含量，是隐秘而诱惑的性的呼唤。宛如夜色下在月光中开的一朵莲花，荡漾着缥缈而诱人的光芒。

一个男子的魅力在于，他能够以自己的身体与容貌为桥梁，引渡出一方神秘悠闲而充满无限可能性的气场与天地。与他共处一室，会激发心中隐秘的美的欲求与性的知觉，会让人反过来体会到自身的美好存在。男性的身体过分消瘦则病态而不美，但轻薄修长的身材与健壮匀称的身体则各有其奥妙美感所在，面容宁静优美，让人最觉得安心。然而一个男子过分在意自己的身形与外在，就会显得华而不实，没有内在的积淀与内涵，终究让人觉得浅薄。腹有诗书气自华，说的也就是这样的道理。内心敏锐的人，都可以干净利落，对此作出分辨。

•

周围稳定实在看似包围住我们的一切，能否真正提供内心的安全感与稳定性？答案是否定的。

正如佛家四大皆空的理论一样，一切事物均有成住坏空，没有东西能够稳定地在时空中持存。我们看似用来依靠的东西每天都在变，工作，情感，名誉，生活场所，无不如此。人应该每时每刻意识到自我深处存在的可以脱离与选择的可能性，随时保持在世间切换场景模式的警惕性与好奇心。这样是刺激，更是一种生命的责任。

情爱大概是我们最难以道明的东西。有些人或许空有一副皮囊，无法提供更为深沉有力的内容，但我们为了身心愉悦仍愿意寻找并短暂地停驻。这是人的一种追寻快乐与平衡的生理本能，是一种自然模式。性的力量，在于激发生命的活力与向前求索的动力，以及提供暂时嬉戏的游乐园。

然而爱究竟是什么。爱是不能用身体的缠绵解决的。爱是归去的家园，性不过是抵达的桥梁。真正的爱，是对自我的丰满、完善，是一个人内心的从容成熟遇上了另一个同样沉稳饱满的内心，是两个灵魂之间彼此独立而又相互依靠的态度。真正的爱，要靠自己的修炼来抵达，来实现。

·

酸痛，疲惫，空虚。书本堆积，文字泛滥，无用的东西太多，却不知如何处置。渴望肉体的温度与精神的连接。

蜡梅次第开放，绿色湖水荡漾，空气冰冷透澈。

我们究竟什么时候，才能过上自己想要的那种物质丰满有度，精神充实有爱，心灵静美喜悦的快乐生活。

·

清晨，湖畔，读书时听到一旁的女生正在大声朗读，大概是管理学原理之类。几句例如"利用工人的最大潜能""给予适当利益提供最大化回报"等传入耳中。了解了一个大意，然而听着只觉得别扭。

有些人总不拿别人当人看。这些人要么自己养尊处优，目中无人，要么就是自身心灵枯槁，人生惨淡，连自己都不关心，自然对他人的人格与灵性也不管不顾。他们可知,每一个人都是丰满敏感,有血有肉的生命存在,都是需要爱与被爱,需要理解关怀与照顾的人格拥有。把别人物化,当成一个个冰冷的机械或者可以用权谋手段操纵获利的挣钱工具,理论再完美精细都是做无用功。人不是可以计算调控的数学物理公式,物化别人不仅会伤害一个个活灵活现的生命,更会封锁掉自身对爱与美的体验知觉。这样的人沉溺在人与人互相利用、互相破坏的自我妄想与他我妄想之中,终将众叛亲离,在时间的洪流里收获应有的报应。

就算是繁忙的后现代信息工业社会,人与人之间的信任、关爱与谅解也应该是不可缺少的内容。如果管理层把员工当作自己的木偶和奴隶,不懂得发自内心地尊重他们的人格与心性,唯利是图,把所有的人际关系视为僵化的链条与利益的权衡,在这样的一个生存系统中谁能得到快乐与充实?大家彼此封锁,不把人当人,一个人的脑与心无处循环开放,那么这样的学说又有什么意思?这不过是自以为是的空虚妄想与错位的控制欲望。

孟子说,天下万民,君子欲之,所乐不存焉。真正理想和谐的统治管理是对每一个生命体发自内心的珍重与关怀,是把人本身当作目的而非工具。在内修炼自己的内心,培养爱己爱人的仁德品性,让温暖有序的人际关系像水波一样层层扩展开来。起了"欲"就是不把人当人,而是当作自己的财产与工具,这样只会使别人不乐意,自己也不快乐。真正的管理调度,是内心的德性良知生发出的温情脉脉的秩序。

物质文明越是发达,人们越应该珍重生而为人的独特感触,彼此在互动中寻找让自己的生命丰盈美好的存在。组成企业、社会、国家的不是一块块无知无觉的拼图，而是一个个有感情、有思想、有自由意志、懂得爱与被爱的人。在强调集体的时候，不应该忘记它不是一个可以作为说服与压迫他人的概念，而是充满生命力的人类社群。人与人只有愿意尊重他人的生命存活，理解他人的思想感情，才能够寻找到自己的同类，在互敬互爱中彼此促进，找到适合自己生命模式的好生活。

•

花朵是美好的事物。清秀美丽的女子簪上的花朵尤其好看，清澈修长的青丝如水宁静，耳鬓簪一朵茉莉或是月季，都显得格外美丽。白色香花的气息飘散在面颊眉目的轮廓间，一袭白裙或是松紧有度的旗袍，都宁静美好得惊心。想起照片中的邓丽君。她的面容不算绝美，略微的婴儿肥，却生动活泼。露肩裙，甜美地微笑着，手扶发间一朵牡丹花。真实而自然，这样的美虽然已不时髦，却有灵性。

抑或是把长发梳成辫子盘起来，点缀上小小的蜡梅花，清远幽微的香气浮动空中，哪怕是素面朝天T恤牛仔裤也能让人察觉到女子心中隐秘美好的存在。这样的女子有灵魂有境界，自成一方清空天气，实在是难得。就算是盛装出席，面颊华妆琳琅，一朵鲜艳的芍药或牡丹花也总比冷冰冰的珠宝首饰更显得女子娇媚清婉。花朵是自然而空性的美，需要有心人才能与之互动共存。

不知为何如今男子簪花佩戴仅限于胸前。在宋朝和魏晋南北朝时，男子也同样可以戴花打扮。这样的美好花事无关性别，应该被人们接受才是。眉目俊朗清淡的男子，耳边发际点缀细长淡雅的花瓣叶片，露珠芳香溢出，鼻尖唇角呈现紧致弧度。石竹，茉莉，桂花，梅花，都是配得上优美男子的花朵。一朵天然的香花与叶片，远比涂脂抹粉，佩戴怪异衣衫首饰更能显示男子的美色与风骨。

•

一座城市宛如飘浮于欲望与繁华滚滚浪潮之上的岛屿，散发虚无庞大的繁华气息，如同夜空中的花朵绽放绚丽色彩，芳香热量。这里成为一座座美与欲的迷宫，供人嬉戏流连。不同的国度，不同的建筑风格，语言牌匾，各色人群，却有着相似的饱满热情与生命质地。在这钢筋水泥的森林中堆积而起，会让人有几个瞬间感觉回到暗影重重的热带雨林，生命蓬勃活动的气质渗透开来。

上海是我徘徊良久的城市，也是给我留下极深印象的城市。这是一座繁华势力精致的城市，也是一座得过且过安稳朴素的城市。昔日的上海，世界的四大都会，声名煊赫的"魔都"，一夜之间改头换面，却仍然笃定自足地活着。昔日的热烈昌盛可以留存在记忆里，就算歌舞升平的日子不再，它依然笃定有序地运转着。它内里朴素的底色翻转出来，一座世俗而平淡的凡人之城。一转眼日新月异，它又可以打开大门，迎接四面八方滚滚而来的财富，改头换面以富丽堂皇的姿态傲然出世。它的品位气息迷离而妩媚，它的声音响动自然而大方。它是人的平淡与美的高华交荡出的宫殿楼阁，熠熠生辉在幻梦中浮动。陆家嘴商圈林立的高楼大厦，宛若通天台阶直上云霄，南京路与外滩的灯火日复一日辉煌闪烁，流淌物欲人心。然而就是同一个地方，走进一条弄堂小巷，喧哗嘈杂，破败招牌便浮现而出。这是一座如此矛盾百出而真实存活的城市，它具备警醒与洞察的意味。纽约与伦敦，没有这种力量。

北京宛若一具坚固的盔甲，陈列在华北平原一角。灰蒙蒙的天空，沙与霾，夏季暴烈翻卷的雨水狂风，皇家的文明遗迹与欣欣向荣的现代经济圈，生活其中的人大俗大雅的生活态度，使其呈现别样风情。它其实缺乏精致与纤巧的基因，皇家社会的传统使得近乎吹毛求疵追求典雅风度的生活气质在少数人之中传承。它是政治的集中地，文化的大熔炉，无数野心勃勃的人争名逐利的角斗场。可它实际上缺少自我，显得乏力。就如同京剧手眼身法步项项精准，成了一种审美的情怀。

东京宛若一座巨无霸游乐园，成人嬉戏角逐的巨大舞台。这座举世无双的拥挤都市，地铁宛若城市的血管交错纵横，人流熙熙攘攘在各个角落拥挤出没，巨大的招牌随处可见，霓虹灯排列出耀目光芒。三更半夜城市还在俗世的热闹与癫狂中乐此不疲，化着浓妆身穿和服的歌舞伎踏着木屐三三两两走上街头，面容冷淡疲倦。它让人感觉无方向感，失去存在的具体定位。

昔日繁华的江南城市，苏州，杭州，扬州，亭台楼阁中幽静典雅的园林散布其中，繁华的商业街不分昼夜顾客盈门，城市中的人情趣品味高雅，斗茶，焚香，插花，作画，游春，灯会，渡船，是如此善于享受人间的清欢美好与声色财富。这样物质丰满，精神充实的城市，让人觉得温暖宁静，让文明的风骨得以展现。《清明上河图》中幻梦般华美优雅的汴梁城，长安的诗苑集市，洛阳的花会与灯火，这些昔日的人类乐园，想来不知为何令人惋惜。它们有一种人情与韵味，一种深层的幽静底色，人间繁华宛若浪花茫茫，而底下的深邃却如大海浩瀚。而如今的城市生活，物欲与精神仿佛两个此消彼长的湖泊。没有内涵，失去皈依，用繁忙的人际关系阻挡内心的虚无困惑,用电影、美食、健身房、奢侈品、保健按摩打发大量时间,而对于生命本身是什么,人们却一无所知。

因此,人生活成了一场幻觉。

●

经过一周的阴雨天气与清冷潮湿的冲洗之后,成都终于放晴。淡金色阳光从天幕洒下,照亮这座精致华美却又狼藉平凡的城市。石板铺成的广场与长桥清洁干净,玉兰花,桃花,李花,海棠花纷纷开放。洁白硕大的玉兰花朵开满枝桠,像一盏盏丝质的莲灯缀满梢头,映照在文科楼的灰黑砖墙上,十分清净美丽。粉红的花朵一树树在湖畔轰轰烈烈绽放,在阳光下显得轻柔朦胧。这样极速绽放的美丽,总令人感到不真实,仿佛与平淡无奇的一年生活相背离。也难怪中国古人对春天别有一番情怀,冬天盼春来,花落伤春去,看着花开,伤感花会落,春去了,要对春天说明年再来。小时候有一道常见的问答题:"你最喜欢哪个季节?"很多小朋友选择春天,我当时却对春天不感冒,偏要与众不同选了冬天。或许是生长在南方,喜欢冰天雪地,琉璃世界的奇妙景观。若有蜡梅幽芳,红白梅花吐艳,也是清远绝美。然而随着年岁渐长,我才慢慢感受到春天这不合时宜的轰轰烈烈的美,实在是有几分费解。然而我即是我,大众的审美标准也不应该成为我捆绑自己的东西。事实上,人与人的美学观点与价值观点不同,彼此的幸福感根本不具备可比性。

春天来了,来得令人欣喜,冬天的阴冷终于褪去,温暖与阳光,花草树木的生机勃勃又出现了。然而看久了也会令人审美疲劳，怀念冬天的时光。但除此之外，这种生命勃发的季节总令我觉得心悸，觉得伤感，甚至有一丝丝莫名的恐慌。自己也不知道怎么回事。或许过分美妙完好的事物人情，不容易令我真正感到安全稳定，而是向我预示着最终的破灭与万事万物的空无虚幻。那么或许及时行乐的心态也不失为一种选择。生年不满百，常怀千岁忧。昼短苦夜长，何不秉烛游。这样的心，爱过痛过，自然接受最后的结局。真正自讨苦吃的，是那种喜欢一眼望到底，过分清楚理智的人。然而不同的人看到的原本就是不同的世界，世界观也不存在高下之分。我只是被迫做出一种选择并承担其正负影响。或许这种影响，可以消解之后皆为我所用，但我尚未找到良方。

但不管怎么说，温度的升高与阳光的沐浴是一件令人高兴的事。又可以舒展筋骨自由运动，可以换上轻薄干爽的衣服，喷洒芬芳的香水，吃到各种时新蔬果，喝春茶，也该高兴起来了。但一切事情做完了，经历完了之后，我到底求个什么，想要个什么，能剩下什么。我不知道。

•

金钱究竟在人的生活中扮演了怎样的地位？

孤高避世的个性，如果没有雄厚的经济基础，注定沦为一场不切实际的笑谈。张爱玲的小说《倾城之恋》里，流苏道："那怕不行，我一辈子早完了。"徐太太道："这句话，只有有钱的人，不愁吃，不愁穿，才有资格说。没钱的人，要完也完不了哇！"避世消极的人生态度，放下自在的人生哲学，没有金钱财力的基础，都不过是空中楼阁。人的物质需要满足不了，哪里能够去思考别的问题。他们连堕落与伤痛的本钱都没有。现实决定了其不可能性。

安妮宝贝的《春宴》里，性格清高避世的沈贞谅，之所以能够无所事事各地漫游，仍然是基于背后丰厚的经济财富。没有钱，就算想要风轻云淡，也终究是不可能。人不可能脱离社会与群体而活，没有印证，没有对比，一个人什么都不是。虽然几千年来无数人自诩清高想隐居山林，但对于人的价值与存在来说，做一朵自生自灭的兰花只能是理想主义的幻觉。人看空看破，静谧无我，但没有物质这一切根本就不可能。《春宴》中的女人们不走寻常路，企图与发展的社会割离，做一个倒退隐身发现心灵价值的人，但一切唯心所现不过是妄想。内心的能量不由人启动，不由人观照，它便什么都不是，失去价值感。

有很多人原本拥有可观的财富，却逐渐对生命产生疑惑，察觉到背后的迷惘与不相宜，渐渐厌倦物质生活。这样的人花费毕生精力建立起牢固的物质基石，却又用剩下的时间浪费掉它们，其根源在于精神世界的空洞乏力与最初前行时的缺乏思考。在古希腊，哲学曾一度是贵族学问，不是没有道理。精神的完善美满需要地位与财富的支持，而丰盛的现世享受又需要精神关怀的引领。对于贫乏的人而言，一顿几十万的大餐与一顿十块钱的简单早饭区别不大，精美的菜肴与精致的娱乐唤不起他们内在的审美意识与生命情趣。而那些真正学习人生学问，心灵丰盛敏感的人，却难以拥有与他们的精神层次相匹配的财富。

沈贞谅的财物，原本足以给她这样心中有美与爱的人带来舒适满足的生活，可她偏偏要反其道而行之。或许在各地的漫游能给她带来探索与放逐的快感，但她这样做无疑也是一种浪费。但生命模式的选择是每个人自己的事情。也许我们觉得重要的事情在别人眼里都是次要，也许现在我们觉得重要的事情将来会认为不值一提。但谁又知道呢？我是一向喜欢钱的人，却不是单纯为了钱与财富而去追逐，而是想要过上让生命满足，能够自由思考感受爱恨的人生，需要足够的财物作为支持。想做的很多事，没有这种又俗又珍贵的东西，无从办到。比如，漫游世界的美好与风光，有精致美味健康的饮食，有清洁而富有审美情趣的居住环境，能够为自己的爱侣提供一个安全而温柔的港湾，为自己的探索与思辨留出时空的余地，可以不用为了一日三餐柴米油盐疲于奔命朝九晚五。这才是物质应该被使用的方法，不是整天醉生梦死酒池肉林，最后恶化自己的情感环境与理性空间，最终破罐破摔自以为看空无所谓。这简直是对物质财富的侮辱。自己不会用钱，却要把原因往外部推，实在是令人感觉暴殄天物。

这个时代也许最不值价的就是文学、哲学等真正能够触及人灵魂与自我的学科。人趋向于探索外部，融入集体，企图以此获得虚假的认同感与安全感，却因此变得不愿意思考、不愿意感受，只想要融入麻醉身心的狂欢。追求发展与进步没有错，但借此来稀释自我的本性终究是徒劳。把金钱由手段变成目标的做法，终究会导致一系列价值观崩塌的多米诺骨牌效应。真正甘心体验生命、感知世界的人，却在这样的社会里找不到存在认同，甚至处处面临穷困潦倒的危险。真是让人觉得讽刺。科学让一些人变得狂妄自大，自认为了解自然，超越前人，掌控自身命运。但就算研究到了人的每一个神经元，每一个心电波，每一个细胞，就意味着我们能够了解自己吗？用仪器与科技进行发现与旁观，与用生命与心识感知与体会，终究是两回事。我们对自己还是一无所知。

　　我这样写的确是因为自己缺钱，无法达到自己想要的生活标准与居住模式，收入与支出不相宜。然而别人不管用什么手段挣到钱，毕竟是他的劳动成果。我了解自己的能力与潜力，如果我愿意进军商界，创业发财，也完全可以在将来的人生里做到致富。但我不想以这样的方式追逐财富，以透支自己的灵性与生命的爱恋为代价。这是对青春的浪费，对生命的侮辱。这样的奋斗对我，没有任何价值。我只是惘然于自己的矛盾与不相宜，处处都是脱节与不平衡，岂不怪哉。

・

　　我总会遇到这样一些人，他们打破了某些地方建立起的高贵清洁的离世幻象，让我察觉到周围的人与人其实并无什么差别。都是活在受想行识之中，有苦有乐的平凡人。所谓的杰出超常，其实没有什么存在基础，不过是幻想而已。

　　成都的中心商圈太古里，双层的青瓦阁楼，灯光优雅明亮，低密度的商业区，建立在市中心。这里进驻多家顶级奢侈品牌，饮食与衣物售价极贵，一顿饭一杯酒动辄上千，首饰衣着更不用说。穿着打扮时髦的青年男女是这里的常客，身材窈窕健美，面貌精致，享受丰富物质带来的精致生活。等到晚上十点过，人流渐少，我走在青石板路上。一旁是巨大的卡通人偶，两个化韩国妆穿着打扮入时的年轻女子互相拍照片发出咯咯笑声。在离她们约一米的地方，一个满头灰白发丝的矮小中老年女子穿着简陋的衣物，上面套着橘红化纤的清洁工背心。她推着一辆双轮垃圾车，正在清理路边一个垃圾箱里的垃圾。她的手上满是皱纹，在垃圾堆里翻着，不时捡起路边掉落的塑料垃圾。那两个女子显然宁可对这个女子视而不见，自顾自地叽叽咕咕发出笑声，沉醉在自己的精致容颜与衣着里。我感到奇怪，同时觉得这才是世界真实的样子。这不过是人世间一个小角落，不过是一个买东西的地方，它需要清洁工、修理工，它是由从事繁重劳动的工人修建的，它不是一个优越感与虚荣心组合起的繁华之地。它不过是生活与时代的一部分而已。

在健身房，不乏体格健壮高大的男子，出于对自己身体的恋慕，投入大量时间金钱雕琢自己的肉体。高大躯体上肌肉饱满，性感结实。也有不少前来健身的女子，身材线条由于健身曲线紧致，像桃子一样前凸后翘，显得匀称健康。众多的美丽身体里，却有一位矮小驼背的老年男子，穿着厚厚的衣服，一双胶拖鞋，用一把拖把不断清扫着健身房的地面。他身材塌陷，年老，面容沧桑，在健身房众多健美身躯中显得不合时宜。但这同样是世界真实的存在方式。精益求精对自己的身体过分关注的男男女女中，一个拿着微薄工资，计算着每一天能否吃饱饭的老人，无暇关心自己的身体容貌，更不用说思想情感。这让我看着这个无人理睬却也自我坦然的身影，心里有说不出的滋味。不是可怜，同情，因为那些来健身的人同样是付出汗水让自己变得更好的人，凭什么因为别人的悲惨就指责他们的生活有问题呢？只是这种戏剧性场景，总让我觉得，有选择是做一只快乐的猪还是一位痛苦的苏格拉底的权利本身就是一件痛苦却又有些值得庆幸的事情。

| 四、如来 |

·

经过一系列的思维挣扎与心理纠结之后，我发现写作仍然是我现在愿意做并且也是将来唯一可能持续做下去的事情。

写作是可以作为政治经济的从属工具存在的，这是文字多元化的属性所导致的必然结果。但对我而言，写作是唯一可以在劳动与价值创造中使我感受到生命的本性与自身的存在的事情。它让我的心灵能够最大限度地挖掘敞开，变幻出大千世界的丰富可能性。如果没有写作，我大量的思想与丰沛的情感在这个充满利益考量爱情算计的世界其实找不到容身之地，它们只会像空谷里无人能见的兰花，孤独地自开自谢。外界的世俗不需要复杂的生命思考，纤细的情感体验，尖锐的真相揭露。他们需要的是忙忙碌碌的生活现象，花天酒地的娱乐活动，压抑思考感触的平淡生活。唯有写作为我敞开无限的空间与时间，接纳无数轮回中辗转的因缘与心性。如果恰好能遇见同样拥有这些感触的人，便可以借此谋生，获得想要的物质生活。有时候生活想要风雅，只有富裕才能够办到。焚香作画，吟诗弹琴，插花沏茶，观鱼赏花，看似阳春白雪的高雅爱好，哪一样不是需要大量的财物支持的？如果一个人的爱好与工作不能够为他的精神世界提供相应的物质基础，其实最终并没有实际用处。陶渊明不为五斗米折腰，最终日子过得清苦未必能够找到心灵的平静。贫穷的凡·高虽然内心五光十色，但在没有社会认可的情况下其实一文不值。死后留名，其实对本人来说等于什么都没得到。可是到头来，人反正可能什么都得不到。那我们来人世间走一遭是为了什么？真是叫人费解。

曾经希望自己的生命能够如同莲花盛开，但有开就必定有谢，无常无定，生生不息。是一切都是幻想吗，是所执为空不可思议吗？一切都是可以悬置，可以怀疑的，或者说文字本身存在局限，表达不出某些感觉与思量。可困惑是真的，喜乐忧伤也是真的。人想获得未必就得失去，这很大程度取决于我们自己怎么看。但随着选择的确定，必然会有很多东西发生变化，我们必须在不断的自我与外在变动中学会应对，学会生存，如同鱼儿在湍急的水里溯游而上。但就算顺流而下，或许也不是什么悲剧。物质与文化，平衡与饱足，这样的话题怎么想也想不明白，只好随它去。

只是用自己的文字，塑造故事，浮现人物，是心灵对外部的折射，是自我的反省与探知。它们作为一种洞见与原谅而存在，在时空中归位，记录过往，连接未来。无生无灭，存在于此。

•

独自一人在市中心越南餐馆吃一顿晚餐。绿咖喱荔枝炖鸡肉，海鲜柚子沙拉，椰香西米糕，一碗米饭。食物新鲜可口，略微的酸甜和辣味，薄荷罗勒香料呈现独特味道。餐馆中很快坐满了人，左边桌两个女子来得较早，穿着羊毛薄大衣闲聊婚姻感情。吃到一半右边又来了一桌，是一个中年女子和两个妆容艳丽的年轻少女，看起来有几分像母女。很快她们也谈起恋爱与他人的情感，似乎这是女人所习惯的话题。餐馆中的人形形色色，有几个人聚在一张圆桌周围的，有同性异性的情侣成双成对前来吃饭。一对中年夫妻，两人同坐一排，其貌不扬的男子握着女子的手，显得十分真诚。人们闲聊谈天，厨师在柜台后面做饭熬汤烧菜，穿着整洁的服务生倒罗勒水，上菜，整个餐厅呈现出优雅闲适氛围。这让人觉得舒服。

| 四、如来 |

　　吃完晚餐，在隔壁的哈根达斯冰激凌店吃甜品，夏威夷果和抹茶的冰激凌球，甜蜜清爽，味道独特。不怎么喜欢吃甜食，却独独对上乘质量的冰激凌有着某种偏爱。或许是由于甜美的味觉和冰凉的口感交融在一起让人喜欢。街上人来人往，隔壁的露天咖啡座上满是享用晚餐的人。空气安稳，闲适，充满自得之感。

　　我从未见到过任何一座其他城市像成都这样善于享受生活迷醉现世。上海尽管繁华绮丽，可它优雅的生活模式是一种建立在繁盛大气之上的文化韵味与财富享用。尽管名媛贵妇们同样参加各种宴会，下午茶，花会，但那是作为一座精致高华的城市中最富贵讲究的一群人培养出的生活情趣与精神气质。这与成都不同。下午两点过开始各个茶店甜点店咖啡店冰激凌店门口就坐满男男女女，点饮料甜品蛋糕消磨时间，喝下午茶，谈笑风生。街道上人流如织，喝茶水咖啡吃甜食的人从中午开始，直到下午五点才散去些许，不到二十分钟的工夫到处又坐满了享受美食佳酿的食客。这种醉生梦死般的生活享受，对现实欢乐的追逐执着，在全中国的城市中只怕无出其右者。曾看过奢侈品消费的中国统计数据，成都仅次于上海排名全国第二。天府之国的人们，乐于花费，安于享受，流连于美的乐园，欲的迷宫。让我想起一千年前的汴京城，同样的纸醉金迷，寻欢作乐的城市气质，散发着摇摇欲坠的甜美香气。成都自古以来，就是安乐之所在。"九天开出一成都，千门万户入画图"，成都不同于汴京城，几千年来未曾湮灭颠覆，在群山的环抱之中过着醉人心魄的享受生活。难怪俗话说"少不入川"，这座城市在繁忙急促的现代生活中，仍不乏对生活的慢节奏与享乐心得。

或许也没有任何一座城市，像成都这般馋嘴。漫步大街上，大大小小的吃食店俯拾皆是，鲜花饼，烧仙草，泡芙，星巴克，冰激凌，关东煮，水果捞，麻辣烫，炸鸡汉堡，广式点心，西饼面包，丰富的零食甜点琳琅满目，一条条街上散发着甜蜜的焦香味。一到晚上，火锅店，汤锅店，小餐馆，直到咖啡厅，酒吧，居酒屋，各国料理店，无不人潮如涌。各个网红店门口排着长队，年轻的男女等很长时间往往只为吃到一份要价昂贵的网红蛋糕。老年人在随处可见的麻将馆茶馆里搓麻将摆龙门阵消磨掉一天又一天，或者直接在路边的石板台阶上铺开报纸打扑克牌，几个人打，几个人围观，不亦乐乎。这样的一个人间安乐窝，却容易让我觉得乏力，觉得空无。缺乏从容与节制，淡定与自如。这到底不是我所喜爱的风格。但说到底，这终究是成都。它的本性如此。它不像上海，有着江南的优雅柔婉与西洋的五光十色碰撞出的瑰丽色彩，在金钱与欲望的幻梦中熠熠生辉，将世俗与典雅糅合得矛盾而和谐。成都不一样，它本身就是俗的。大俗大雅，雅即是俗，不过如此。

·

当一个人生不起自信心，在他人面前就会产生自卑心理，其本质是一种潜意识的错误保护状态。以为将自己缩成一团就能够获得安全感，可事实上并非如此。比如在健身房里，一个身材清瘦的人往往容易被那些肌肉块头巨大的健美爱好者吓到；在辩论会上，一个不善于表达的观众往往容易在见到场上滔滔不绝的辩手时感到自惭形秽。

事实上，每个人都只是普通平常的生命存在，他们不可能是我们心目中想象的处处高于我们的完美存在。或者说，所谓的优越与劣质都是相对而言的概念，都只是大众审美或自我审美的折射而已。人都是拥有喜怒哀乐，活在受想形识之中的生命存在，都会有局限，有烦恼，有嗔恨，有悲哀。别人某些方面的强大，不足以成为贬低自己，轻视自己的理由。对别人的惧怕，其实是我们对自己的失落与谴责在外界的折射。若真觉得别人好，不妨升起自尊自爱，朝着那个方向努力，大胆地走上前去请教。一个人对自己的爱与欣赏能够点亮其魅力值，你只有首先学会关爱自己，才会勇敢自信地面对他人。当你靠近那些曾经以为高高在上的人时，你才会发现人与人之间其实充满了平等的互敬互爱。

当然，不排除的确会有人自恃优越对你进行嘲讽轻视，这是他人作为能动主体的权利和自由。但如果你继续用这样的态度打击自己，就会损伤自己。如果能够把他人的蔑视与轻慢作为激励自己提升自己的动力，并继续喜爱自己现在的样子，就能够化解大多数的自卑心。勇敢地用行动证明自己，让自己变美，长高，丰富自己的修养与学识。当自己如花开放，自会有蜂蝶觅香而来。

．

空无不可能是最终的解决之道。如果一个人因为生命中的曲折坎坷就选择逃避、遁形，最终认为一切皆苦四大皆空，其本质是一种放任与偷懒的生命模式。尽管人与人的特性千差万别，我们的信息始终处于不对等状态，严格说来我们能够体证到的只能是自己的内心，以及外界种种在内心的折射探照，因此我们并不具备对别人的生命模式与生存姿态评头论足的资格。但单纯地因为对外界运用不当或错误方法所导致的痛苦与失败就开始自暴自弃，怀疑一切，想要证得空寂甚至把大千世界当成所谓颠倒妄想，实在是一种最不具价值的作茧自缚。事实上，所有的磨炼与经历都可以帮助我们更好地提升，蜕变为更适合与这个世界互动、特色更加鲜明确凿的自我。那些伤害过我们的人和事，要么是教我们如何调整自己的思维与行为模式，与不同的人事物环境互动，要么是提醒我们远离威胁我们身心健康的危险，更好地保护自己，要么是告诉我们寻找爱与温暖的核心在于发现自我，在自己快乐充实的前提下再与合适的伴侣互动而不是将外界的任何人与事作为海枯石烂亦不变的依靠。

我承认人只要生活在这个世界上，就必须面对自我与生命结构的组合方式与真实性存在，但不争的事实是：人作为社会动物不可能做到离群索居独来独往，人的价值与感受必须在群体与人际的映照中出现。哪怕有人归隐田园，更有极端者回归大自然探险，学远古先民猎杀动物过原始生活，但这些都不可能逃脱人与人之间的交流影响。人的个性存在以及生命情感的质地，都只能在群体关系中发挥并为之塑造。人在茫茫沙漠里不是真正的人，只有在大千世界的激活与触发中，才可能拥有真实的体验与思想。

·

有时候内心憔悴不堪，觉得自己做的所有的事情都徒劳无用。各种各样的事务堆积在一起，解决完成之后又有新的来。人生仿佛在这样琐碎的劳作中消磨殆尽，那些新鲜的体验与丰沛的情感不知藏身何处，感觉自己什么都没有，什么都不想要。饮食，繁忙日程，运动与休息，乏味至极的人生需要突破，却失去了可以前进的方向。香烟，酒精，恋爱，这些东西不是解决寂寞与孤独的办法。人在不知道如何负重之前,去过多地透支自己命运中仅存的惊喜,最后不过变成伤害。不过事实上,我又如何知道后果会如何。但这同样不该成为放纵自己的托词。

电影中的女主角,穿着朴素色调的长旗袍,在男子赤裸肉体的健美轮廓间眼神清亮憕懂,仿佛月光下的花蕊发出光来。是否人的情欲与美好必得有这般凌厉惊心的性感美丽激发?哪怕这美好如同蕥上露水,转瞬即逝。在遇到时,也只能全力以赴,投入消融。是否人生只能如此奢侈,如此短暂。

●

莫名孤独的时候。烦躁的时候。一个人在夜里对着累满书籍的桌子吃完大半个红心柚子和一块鸡胸肉的时候。感觉身心仿佛被浸泡在烂泥中无法挣脱的时候。那种软绵绵的令人恶心不适的感觉纠缠着我的时候,我往往想到爱情,想到命运,想到疼痛与死亡,想到一切锋利的纯粹的能让我感觉活着的东西。人的梦想与意志可以具有如此深刻而超拔的质地,仿佛从无边海浪中高高跃起,超越混沌无序的现实。

●

秋分已经过去一段时间,随着几场秋雨,成都的闷热与暑气才逐渐消退。从健身房出来,寻找廉价的晚餐,最终来到路对面一家简陋的面馆。

餐馆开在灰尘扑扑的十字路口边缘的破旧门面间,装潢简陋。门口搭起两个已经有些旧的蓝色塑料棚,下面摆放几张支开的板桌和塑料凳子。原本想要再走几步去汉堡王,但想到那昂贵的价格便轻轻叹息,在塑料棚下的小椅子上坐定。要了一碗抄手坐下,天上飘着细雨，冷风阵阵，门脸的破旧路砖上趴着一只小狗。这只狗看起来许久没吃饱过，白色的毛已经全然没有本来雪白洁净的面目，像一块用旧的羊毛毯般灰暗稀疏。它的身体很瘦，全然没有那些精心饲养的宠物狗憨态可掬的模样，小而窄的背上看得出脊骨的隐约轮廓。它的目光看起来带着一种被时间打磨得钝化的忧伤与无奈，仿佛已经对自己的生命与饥饿艰难的生存状态妥协认命。塑料棚架得很高，冰冷的雨丝飞舞到它的鼻子和眼睛里，它仍然趴着一动不动，周围的食客也仍然自顾自在昏暗的灯光中进食。

人慢慢少了，天色已晚，最后只剩我一个人仍在吃着自己的一碗抄手。餐馆厨师和服务员收拾好店铺聚在店门前看手机聊天。许是外面的街沿越发清冷，那只小狗站了起来，追逐着热锅的水汽与温暖的人气朝我的方向走过来，在离我的桌子还有不到一米的地方站定了。然后它后腿蜷起坐下，前脚仍然直立着，一双眼睛定定地看着我。它没有像那些天真活泼的小狗一样冲我吐舌头撒娇，只是那浑浊毛发间的眼睛仍然散发着希望与憧憬定定看着我。我低头看了一眼碗里所剩不多的抄手，肚子仍然感觉很饿，就算把这碗抄手吃完估计今晚也没法吃饱。犹豫了一下，我又看了看小狗。它仍然默默坐在那里看着我，它一定也曾经在过去有过无数次找食客讨要食物的时候，它曾经或许毛发比现在松软干净，蹦跳着蹭着别人的腿想要得到一口食粮，却被一脚踢开，或被冷漠相待。在日积月累的饥饿与嫌弃中它逐渐没了天真与讨好的力气，然而它在多少无可奈何的歧视磨难之后，现在仍然对陌生的我有着一丝期待与信任。

四、如来

我心里恻隐之心陡然而起,但随后看着熙攘的车流与街道上来往的人,失望与无力却宛若黑墨水迅速在心湖中蔓延开去。这只狗固然是可怜的,它的命运从出生被老板买过来的一瞬间就已经注定了。它注定得不到温暖的狗窝、美味的狗粮、主人悉心的照料与亲昵的爱抚,只能够在饥一顿饱一顿的日子里艰难地过着不健康的生活,为了一口活命饭默默忍受屈辱与打骂,在盛夏依靠不洁净的污水解渴,在严冬以单薄的皮毛抵御南方冬天冻到骨子里的寒气。我此刻的帮助,让它吃饱一餐饭,它之后的年月仍然会忍饥挨饿,无可奈何。再看这街头巷尾出没的人,神情急促,手里提着塑料袋或皮包,为了自己的生计匆匆而过。人不像狗,人有改变自己命运的可能,但我们和这条小狗又有什么分别。我们时刻生活在病痛、衰老、爱恨、失落、煎熬与种种的无可奈何中,每个人都封锁在自己的沉默与无奈中。当人们把那些为他们提供虚荣心的居所、衣物、汽车放置一边之后,我们的内心与精神还剩下什么?而更多的人,每天为了自己能够吃到饭,能够购买生活用品,能够不用过着节衣缩食的日子已经竭尽心力。人的生命仿佛陷入烂泥,除了繁忙的生活与乏味的消遣之外,再也没有芳香轻盈美好的部分存在。我连自己都不能救,又如何能够施与其他众生拯救。

然而我的手不自觉地,用勺子舀起一个抄手抖到了地上。那只小狗迅速走上前来,埋头津津有味吃起来。吃完之后,它仿佛恢复了些许活力,在我脚边轻轻坐定,吐着舌头满怀期待地看着我。抄手所剩不多了,我吃下一个之后,终于还是又舀起一个,轻轻倒在它的面前。它立刻摇头摆尾吃了起来,看样子是许久没有吃饱过。要是换了那些精贵多病的外国狗,估计在这样的生活状态下早已经病死了。而中国土狗身体强健,即使如此艰难,还是苟延残喘地尽力地活着。这样到底值不值得,我不知道,我自己也只是一个无奈地生活着的人。我不是一个救世主。

小狗对我亲近了,还想吃,走来走去地张望着我的脸和拿勺子的手。可此刻我碗中已经空无一物。天气已经很冷,路灯的光线在飞舞的雨幕中越发昏暗,我收拾东西装进书包,披上超市打折时购买的廉价外套起身离开。老板寒暄了一声,仍旧回到屋内看手机视频。我戴上外套的帽子,走到红绿灯路口,回头看见那只小狗又回到了塑料棚遮蔽的边缘,站立着看着我的背影。雨幕与灯光里,那道小小的单薄的影子看起来那样孤单无助。我回头与它对视几秒,绿灯亮起,便回过头走过马路。心里突然感到无力与难过,我在心里默默对那只小狗说,对不起,今生我能爱你的缘分,也只有这么多。

・

想以后有个自己的小院子,有一栋木结构带着飞檐斗拱和青瓦砖石的小房子。在门前院后种上凤尾竹,芭蕉,桃树,桂树,蜡梅。远远的门前有一棵高大的香樟树,浓密的枝叶伸到二楼玻璃窗前,可以在卧室和浴室中看到斑驳的枝叶和竹影。墙角和屋边种茉莉,栀子,石竹和芍药,每到初夏至盛夏的时节,阳光伴随着湿热的风,吹来芬芳沁人的香气,在下过雨的黄昏带着发酵与略微腐败的浓烈气息。后院引一池水,修一道木桥。周围围着太湖石,种上荷花与睡莲,养几尾鱼。屋里最好有两只狗,一只大狗一只小狗,几只猫。没有宠物也没有关系,每天的清晨和傍晚，在门前院落或天台收拾出空地，撒上玉米和谷粒，周围林间的鸟雀会前来啄食，身姿鸣声婉转优美。

房间内用中国式的传统装修，不需要电视机，一台轻薄的笔记本电脑足矣。房间里要有屏风隔断，曲折的雕花木楼梯和有着冰裂纹蟹爪纹的木头窗户，门做成苏州园林的圆门叶片梅花形状挂上纱帘安上联排的折叠雕饰木门。各个房间要布置得不一样，卧室里有一张传统的满月雕花垂帘大床和配有铜镜的梳妆台。每天清晨阳光可以通过床前的圆窗洒入屋里。茶室可以有两张太师椅或圆椅中间配一个小桌，在背后挂上细腻典雅的工笔花鸟或者悠远的山水画中国书法。再配一张罗汉床或者贵妃榻，若疲倦可以侧卧歇息。屋内可以有一个小小的健身房，作为文雅中较为强烈的存在，放在一楼或高层的隐蔽处较为适宜。屋内要多置博古架与小巧的案几，放置优美的瓷瓶，以中国古式的技法插着四季时新花卉，幽香弥漫。玄关和卧室中焚香，放置铜质小小香炉，焚沉水或是花香。架上放佛像，念珠，玉雕，文玩，茶器种种。此外在卧室、客厅和书房的架子上都放上层层的书籍，不必过于整齐，哲学，宗教，文学，历史，自然地理，美食烹饪，花草种植，旅游日记，种种书籍皆应有之。书房桌子靠左手边的地方希望有一个向外伸的外面有梅树的台，铺上柔软的垫子和毯子，放一张矮桌和几个靠枕。每当春天和冬天有太阳的时候，就沏一壶茶，坐在那里看书焚香喝茶赏花。书看到一大半散落在身侧，香已焚尽，花色尚好，茶水已凉，等我从打盹中醒来日头已然偏西。

浴室有一个布满小格子的柜子，用来放置种种芳香悦人的洗浴之物。手工植物香皂，各国清新的好香水，花草精油，装在小瓷瓶里的沐浴露和洗发露。能在晚上听着虫鸣放上一浴缸热水，撒上花瓣和香水，默默洗净头发和皮肤。换上白丝绸的长睡衣，踩着木屐离开。房间里挂上书画，传统美丽的图案为佳。每当花开的时候，在院子里摆上茶桌与椅子，摆两三样菜喝酒品茶赏月闻香。如果不是孤身一人，便与爱人或好友一道在月光下浅醉而眠。如果只有自己，便与身边围着的毛茸茸猫狗，一同面对这天地茫茫。

每天清晨醒来，焚香，洗漱，沐浴，更衣，打扫庭院，修剪花草，整理房间，给宠物洗澡清洁。用新鲜的鱼肉菜蔬水果做饭，为猫狗准备食物，然后将食器洗净收好。几天锻炼，几天休息，出门散步采购食物和日用品，顺便遛狗。读书，看花，插花，观鱼，沏茶，写作。有时出门旅游，有时一个人发呆。有一个爱我的人能陪在我身边，和不和我住在一起都没有关系。只要能够在夜里让我偶尔感受到来自另一个胸膛的心跳，在清晨能够触碰到爱人唇间柔软的温情。能够常来看看我。彼此对坐半日，时光已过，就此老去。别人不亏欠我，我也不亏欠他人。不去想活着会怎样，死后又去往哪里。每一分一秒，都可以是一辈子。

后记

《潮汐录》编成于 2020 年末尾。彼时周边环境不甚安宁，疫情仍星星点点造成大众恐慌。在这样的环境下，我却学着更加深入地沉进真实的思想感受，与生命质地本身发生联系。死亡是迟早的事，也是构成生命的必要环节。正如生命的虚空、荒诞与无解一样，重点不在于呈现出的现象，而在于我们以怎样的生命姿态与思想心境与之迎头相遇。人只有与生命的真实质地发生触碰与联系，才能够获得踏实与喜悦的感受。很多人仿佛被一股无形的力量盲目地推着向前奔走，却忘记了时空与生存的本性。人们习惯于在声色娱乐中麻醉自己，而缺乏反省与正视，太过在乎自己拥有什么而忘记了自己是什么。这样的精神枯竭与灵魂疫病，或许比病毒更为致命。生理上的疾病终有疗愈时，精神的枯竭却会带动这个社会与时代萎缩，最终影响到其中每个人的生存质量与探索空间。因此，当我们感到恐惧、战栗、愤怒、贪婪，当我们感到生命的不自由与燃烧的业火时，不要向周围的一切随意发泄，要学会反身查看这些具有破坏性与攻击性的因子因何而起，当如何灭。不要总是去追逐一些虚无缥缈的幻想，却遗忘了自身涌动着的无限可能。

　　这次散文结集，汇聚2017年到2020年大部分可寻作品。我从2012年开始文学创作，自知这部集子中的大多数作品并非如职业作家般勤勤恳恳作出，而是在三三两两的空闲时间抒发性灵、陶冶情性、表达自己观点态度的偶得之作。我一直在思考，人与时代，作家与作品，可保持一种怎样的关系。我们的历史可以是编年史上由宏大事件连缀而成的英雄史，可其中总有很多被遗忘的细节散落。我一直想求证，这些真实可感的细节、柴米油盐的琐碎是比仁义道德、金戈铁马更持久、更永恒、更真实的存在——比如，一场灯会中女子的微笑，一日清晨菊花上的露珠，一点寒夜炉火的微光，一声海崖前深沉的长叹。这也是我喜欢明清笔记的原因——它们是大时代中小个体最本真的感受和记录。它们虽然不全面，却是真实而温润的。时与空的严肃森冷淡去，我们看到了一个有情有义的人间世。喜欢中国的古老文化，大抵也是缘起于它温暖而智慧的人间性格。那种悟透一切天地至理，却又能从容自在粗茶淡饭的闲淡自然，那种"已识乾坤大，犹怜草木青"的悲天悯人、细腻多情。在不同时期的文字中，也看到自己辗转的心路历程。欢喜微笑的时刻，绝望痛苦的时刻，挣扎撕裂的时刻，圆满喜悦的时刻……种种存在皆是合理，向着光明的方向涌去。

　　本次结集，缘起于就读学校四川大学的"明远星辰文库"出版计划，让我这些年的散文作品有机会得到一次整理与出版。值得一提的是，经由学校文学与新闻学院的"写作理论与实践"课程，我一直以来从事的写作事业获得了更好的生长空间。在这个对学生创作支持鼓励、以微信公众号等多种新方式为我们的作品做推广的新

后 记

型课堂里,我接连获得了文章的发表阵地,相继在《扬子江诗刊》《四川日报》上发表作品。与此同时,老师的课后辅导使我在课下有机会参与社区口述史采访撰写等社会实践,为四川省的知名作家撰写书评,曾经的写作梦想一步步成为现实。《潮汐录》中无心发出的几篇散文,如《归来》和《桃子》,相继获得第六届四川省高校创作人才选拔大赛二等奖和第十五届全国大学生文学作品大赛二等奖。写作是个人的事情,向着心灵与生命的真实迈进,一切的标签终归无用。但看到自己偶成之作得到他人的欣赏理解,也是幸运的事情。

我一向以为,大学教育的成功不仅仅在于科研论文与国际排位,更在于其对学生整体人格的培育与精神气性的塑造,在于它能倡导学生朝发育自我、成全自我的方向迈进。作为一名普通的写作者,能够在这样的开放环境下从事自己喜欢的事,是一种幸运。在此向我的老师唐小林教授致谢,感谢唐老师百忙之中为我初成的文集作序;向我写作课的老师周毅教授致谢,感谢周老师一直以来欣赏支持我的写作事业,并为我提供展示自我的平台。我也要向我的母校、"明远星辰文库"项目的各位老师,以及这些年来支持鼓励我在写作事业上坚持下去的老师、同学、朋友,及各位编辑、读者们致谢。思想与情感因为交汇与共鸣而成其精彩。与此同时,每个人在其中找到自己的路。

何波宏

2020年12月9日星期三

于四川大学江安校区